قلم النجار

قلم النجّار

مانويل ريفاس

ترجمة صالح علماني

دار جامعة حمد بن خليفة للنشر
HAMAD BIN KHALIFA UNIVERSITY PRESS

صدرت الطبعة العربية الأولى عام ٢٠١٥
الطبعة العربية الثانية عام ٢٠١٧

دار جامعة حمد بن خليفة للنشر
صندوق بريد ٥٨٢٥
الدوحة، دولة قطر

book.hbkupress.com

EL LAPIZ DEL CARPINTERO
Copyright © Manuel Rivas, 2002
by arrangement with Literarische Agentur Mertin lhn. Nicole Witt e. K.,

حقوق الترجمة © صالح علماني، ٢٠١٥
الحقوق الفكرية للمؤلف محفوظة.

جميع الحقوق محفوظة.
لا يجوز استخدام أو إعادة طباعة أي جزء من هذا الكتاب بأي طريقة بدون الحصول على الموافقة الخطية من الناشر باستثناء في حالة الاقتباسات المختصرة التي تتجسد في الدراسات النقدية أو المراجعات.

تصميم: كاري براونلي
صورة الغلاف: كوربس

الترقيم الدولي:
الغلاف العادي: ٩٧٨٩٩٩٢١٩٤٨٩٨

MIX
Paper from responsible sources
FSC® C020471

تمت الطباعة في بريطانيا العظمى بمعرفة CPI Group (UK) Ltd, Croydon CR0 4YY.

شكر وامتنان

لـ «تشونتشينيا»، ولذكرى حبها العظيم «باكو كوميسانيا»، الدكتور «كوميسانيا» الذي كافح ضد داء الهواء الخبيث.

ولطبيب الأطفال «آنخل باثكيث دي لاكروث»، فمن دونهم ما كان يمكن لهذه القصة أن تُولَد.

والشكر كذلك لذكرى «كامليو دياث بالينيو»، الرسَّام الذي قُتل في ١٤ أغسطس ١٩٣٦، ولـ«خيراردو دياث فرناندو»، مؤلف «من لم يموتوا» و«القسوة غير المجدية» الذي مات في منفاه بـ«مونتيفيديو».

وامتناني للدكتور «هكتور فيرا» الذي وجَّهني في أعراض داء السُّل، والدكتور «جارسيا سابيل» الذي قرَّبني من شخصية «روبرتو نوفوا سانتوس» الآسرة، أستاذ علم الباثولوجيا العام، الذي تُوفِّي سنة ١٩٣٣.

وقد أفادتني كثيرًا أيضًا مراجعتي لأبحاث «ديونيسيو بيريرا» التاريخية، و«ف. لويس لاميلي» و«كارلوس فرناندث».

والشكر لـ«خوان كروث» الذي قال لي: «لماذا لا تكتب

هذه القصة؟»، وأرسل إليَّ عن طريق «روسا لوبيث» قلمَ نجَّار جميلًا صيني الصُّنع.

ولـ«كيكو كادافال» و«خورخو سوتو» اللذَيْن يتنفسان حكايات ونورًا ضبابيًّا.

ولـ«خوسيه لويس دي دِيوس» الذي ذكرتني رسومه بالنسوة غاسلات الملابس.

ولـ«إيسا» في جُرود «باساريلا»، وفي مناحل «كوفا دي لادرونيس».

١

«إنه فوق، في الردهة، يستمع إلى الشحارير».

وقال لها الصحفي «كارلوس سوسا» «شكرًا» عندما دعته، مبتسمة، إلى الدخول. أجل، قال لها «شكرًا» ثم فكَّر، بينما هو يصعد الدَّرج، في أنه يجب أن تكون عند باب كل بيت، عينان مثل تينك العينين.

كان الدكتور «دا باركا» جالسًا على كرسي من الخيزران، إلى جوار طاولة نقالة، يده تستريح على الكتاب المفتوح كمن يتأمل صفحة متألقة ويتبناها. وكان ينظر نحو الحديقة، محاطًا بهالة نور شتائي. وكان يمكن لتلك الصورة أن تبدو مُطَمئِنة لولا قناع الأكسجين. الأنبوب الذي يصله بأسطوانة الأكسجين يتهدل فوق أزهار الأضاليا البيضاء. بدا المشهد لـ«سوسا» كئيبًا كآبة مُقلِقة ومضحكة.

عندما انتبه «دا باركا» إلى قدوم الزائر، وقد نبهه إلى ذلك صرير أخشاب أرضية الصالة، نهض ونزع القناع برشاقة مفاجئة، كما لو أنه يحرك ذراع لعبة أطفال إلكترونية. كان

طويلًا وعريض المنكبين، يُبقي ذراعيه مرفوعتين مثل قوس. فيبدو وكأن مهمته الأكثر طبيعية هي المعانقة.

أحس «سوسا» بالارتباك. فقد جاء وهو يفكر في أنه سيزور محتضرًا. وكان قد تلقى بضيقٍ أمرَ تكليفه بانتزاع الكلمات الأخيرة من مسنٍّ عاش حياة مضطربة. كان يظن أنه سيسمع خيط صوت متقطع وغير متماسك، وصراعًا مؤثرًا ضد داء الزهايمر. لم يكن بإمكانه تصور احتضار بمثل هذا الإشراق، كما لو أن المريض متصل حقًّا بمُوَلد للطاقة. لم يكن التدرن الرئوي هو مرضه، ولكن الدكتور «دا باركا» يملك الجمال السُّلي لمرضى التدرن الرئوي. فالعينان متوسعتان مثل مصباحَي نور. وشحوب خزف مطلي بورنيش وردي في الخدين.

«ها هو ذا الصحفي»، قالت المرأة من دون أن تتوقف عن الابتسام. «انظر كم هو فتيٌّ!».

«لستُ فتيًّا جدًّا»، قال «سوسا» ناظرًا إليها بحياء. «لقد كنتُ أكثر فتوة مما أنا عليه».

«اجلس، اجلس»، قال الدكتور «دا باركا». «كنتُ أتذوق هذا الأكسجين. هل تحب أن تجرب القليل منه؟».

أحس الصحفي «سوسا» بشيء من الراحة. تلك العجوز الجميلة التي استقبلته، بعد أن قرع مطرقة الباب، تبدو مختارة لنزوة من إزميل الزمن. وهذا المريض الوقور، نزيل المستشفى إلى ما قبل يومين، متحمس مثل بطل سباق دراجات. لقد قالوا له في الصحيفة: «أجرِ معه مقابلة. إنه

منفي مُسِن. ويقال إنه كان على علاقة حتى مع «تشي جيفارا» في المكسيك».

ومَن الذي يهمه ذلك اليوم؟ إنه لا يهم إلا رئيس قسم أخبار محلية يقرأ «لو موند دبلوماتيك» في الليل. «سوسا» ينفر من السياسة. والحقيقة أنه ينفر من الصحافة. لقد عمل في الفترة الأخيرة في قسم الحوادث. كان محروقًا. وكان العالم مزبلة.

أصابع الدكتور «دا باركا» الطويلة جدًّا تتحرك مثل ملامس أُرْغُن لها حياتها الخاصة، وكأنها مرتبطة إلى الأُرْغُن بوفاء قديم. أحس الصحفي «سوسا» أن تلك الأصابع تتفحصه، تجس جسده. وراوده شك بأن الدكتور يدرس، بمصباحَي عينيه، معنى الدائرتين المزرقَّتين حول عينيه، ومعنى أكياس التورم المبكرة تلك في الجفنين، كما لو أنه هو نفسه المريض.

وفكر: «يمكن أن أكون كذلك؟!».

««ماريسا»، يا قلبي، أحضري لنا شيئًا نشربه. لكي يخرج سجل الوفاة هذا متقنًا».

«يا لَلأمور التي تخطر لكَ!»، هتفت المرأة. «لا تتفوه بمثل هذا المزاح».

كان الصحفي «سوسا» على وشك أن يرفض، ولكنه أدرك أنه سيكون من الخطأ رفض جرعة من الشراب. فمنذ ساعات وجسده يطلب ذلك، جرعة، جرعة لعينة، يطلبها جسده منه منذ أن استيقظ، وقد عرف في تلك اللحظة أنه التقى بأحد أولئك المشعوذين الذين يقرأون أفكار الآخرين.

«ألا تكون حضرتك السيد «آتش-تو-أو»؟».

«لا»، قال هو مجاريًا السخرية، «فمشكلتي ليست الماء تحديدًا».

«عظيم. لدينا خمرة «تيكيلا» مكسيكية تبعث الموتى. أحضري كأسين من فضلك يا «ماريسا»». ثم نظر إليه بعد ذلك وغمز بعينه. «يبدو أن الأحفاد لم ينسوا الجد الثوري».

«كيف حالك؟»، سأله «سوسا». إذ يجب عليه أن يبدأ الحديث بطريقة ما.

«ها أنت ترى»، قال الدكتور وهو يفتح ذراعيه ببشاشة. «إنني أموت، هل تعتقد حقًّا بأن هناك ما يستحق الاهتمام بإجراء مقابلة صحفية معي؟».

وتذكر الصحفي «سوسا» ما قيل له في مسامرة مقهى «أويستي»: إن الدكتور «دا باركا» عجوز أحمر لا يلين. وإنه حُكم عليه بالإعدام سنة ١٩٣٦، ونجا بجلده بأعجوبة. «بأعجوبة»، كرر ذلك أحد مخبريه. وإنه عاش، بعد السجن، منفيًّا في المكسيك، ولم يشأ الرجوع من هناك إلى أن مات «فرانكو». وما زال محتفظًا بأفكاره. أو بالفكرة، مثلما يقول هو نفسه. وختم المخبر خبره بالقول: «إنه رجل من أزمنة أخرى».

«إنني الآن مجرد «هيولي»»، قال له الدكتور. «أو إنني كائن من الفضاء الخارجي إذا شئت. ولهذا السبب لديَّ مشاكل في التنفس».

كان رئيس قسم الأخبار المحلية في الجريدة قد أعطاه قصاصة من صحيفة، فيها صورة وملاحظة مقتضبة، يُعلَن فيها عن تكريم شعبي للدكتور. يشكرونه على رعايته، المجانية دومًا، لأكثر الناس فقرًا. وتروي إحدى الجارات: «منذ عودته من المنفى، لم يضع المفتاح في باب بيته قط». أوضح «سوسا» أنه يشعر بالأسف لأنه لم يزره من قبل. وأن التفكير في إجراء المقابلة معه بدأ قبل إدخاله إلى المستشفى.

«أنت يا «سوسا»»، قال الدكتور مهملًا نفسه. «لستَ من هنا، أليس كذلك؟».

أجاب أن لا، وأنه من الشمال. وأنه هنا منذ سنوات قليلة فقط، وأن أكثر ما يروقه هو صفاء الطقس... مناخ مداري في «غاليسيا». وأنه يذهب بين حين وآخر إلى البرتغال، ليأكل سمك القُدِّ مُعَدًّا على طريقة «جوميس دي سا».

«اعذر فضولي، هل تعيش وحيدًا؟».

بحث الصحفي «سوسا» عن حضور المرأة، ولكنها كانت قد انصرفت بخفة، من دون أن تقول شيئًا، بعد أن وضعت الكأسين وزجاجة «التيكيلا». كان وضعًا غريبًا، وضع المُقابِل المُقابَل. كاد أن يقول نعم، إنه يعيش وحيدًا تمامًا، وحيدًا جدًّا، ولكنه أجاب ضاحكًا: «هناك صاحبة البنسيون، وهي قلقة جدًّا لأني هزيل. إنها برتغالية، متزوجة من غاليسي. عندما يختصمان، تدعوه هي بالبرتغالي، ويقول هو إنها تبدو غاليسية. وأُوَفِّر عليك النعوت الأخرى بالطبع. فهي من العيار الثقيل».

ابتسم الدكتور «دا باركا» مفكرًا. «الشيء الجيد الوحيد في المناطق الحدودية هو التنقل السري. رهيب ما يمكن أن يُحدثه خط وهمي، خطه يومًا ملكٌ خَرِفٌ وهو في سريره، أو رسمته القوى العظمى على الطاولة، مثل من يلعب البوكر. أتذكر أمرًا رهيبًا قاله لي رجل: «لقد كان جدي أسوأ ما يمكن أن يكون في الحياة». فسألته: ماذا فعل؟ هل قتل أحدًا؟ «لا، لا. جدي لأبي كان خادمًا عند برتغالي». وكان مخمورًا بإفرازات غدة صفراء هستيرية. «فقلت له يومًا لأزعجه: إذا ما كان بإمكاني اختيار جواز سفري، فإنني أفضل أن أكون برتغاليًّا». ولكن هذه الحدود تضمحل وتختفي، لحسن الحظ، في عبثيتها بالذات. أما الحدود الحقيقية، فهي تلك التي تُبقي الفقراء بعيدين عن الكعكة».

بلل الدكتور «دا باركا» شفتيه من الكأس، ثم رفعها كما في نخب. وقال فجأة: «أتعرف؟ أنا ثوري، أممي. من أمميي أيام زمان. وإذا أردت التدقيق أكثر، فأنا من أمميي الأممية الأولى. ألا يبدو لك ذلك غريبًا؟».

«أنا لا أهتم بالسياسة»، رد «سوسا» في انعكاس غريزي. «ما يهمني هو الشخص».

«الشخص، بالطبع»، دمدم «دا باركا». «هل سمعتَ بالدكتور «نوفوا سانتوس»؟».

«لا».

«كان شخصًا مهمًّا جدًّا. طرح نظرية الواقع الذكي».

«يؤسفني ألا أعرفه».

«لا تهتم. ليس هنالك مَن يتذكره تقريبًا، ابتداءً من معظم الأطباء. الواقع الذكي، أجل يا سيدي. جميعنا نُفلت خيطًا، مثل ديدان القَز. نقضم أوراق التوت ونتنازعها، ولكن هذا الخيط، إذا ما تقاطع مع خيوط أخرى، إذا ما جُدل بها، يمكن له أن يصنع سجادة بديعة، أو قماشًا لا يُنسى».

كان الغروب يحل. وانطلق من البستان شحرور، طائرًا مثل مُدرَّج موسيقي أسود، كما لو أنه تذكر فجأة موعدًا منسيًّا في الجانب الآخر من الحدود. اقتربت السيدة الجميلة مجددًا من الردهة، بالمشية الناعمة لساعة مائية.

«ماريسا»، قال هو بغتة، «كيف هي تلك القصيدة عن الشحرور، قصيدة المسكين «فاوستينو ري روميرو»؟».

عاطفة كبيرة وأنغام كثيرة

حبيسة في عروقك

عاطفة تضاف إلى عاطفة

لن يتسع لها جسدك الضئيل

ألقت الأبيات من دون أن تضطره إلى التوسل إليها، ومن دون أي قسر لصوتها، كما لو أنها تستجيب لرغبة طبيعية. وكانت نظرتها، ذلك الألق الغسقي الحي، هي التي هزت مشاعر الصحفي «سوسا». شرب جرعة كبيرة من «التيكيلا» ليرى كم تحرق.

«ما رأيك؟».

«بديع»، قال «سوسا». «لمن هذا الشعر؟».

لـ«خوري»، كان يحب النساء كثيرًا». ثم ابتسم: «حالة واقع ذكي».

«وأنتما، كيف تعارفتما؟»، سأله الصحفي وقد استعد أخيرًا لتدوين الملاحظات.

«كنت قد انتبهت إليه وأنا أتمشى في «ألاميدا». ولكنني سمعته يتكلم للمرة الأولى في أحد المسارح»، أوضحت «ماريسا» وهي تنظر إلى الدكتور «دا باركا». «لقد أخذتني إلى هناك بعض الصديقات. كان اجتماعًا جمهوريًا تُناقش فيه مسألة إذا ما كان يجب حصول النساء على حق التصويت أم لا. قد يبدو لنا ذلك غريبًا اليوم، ولكن المسألة في ذلك الحين كانت موضع جدال شديد، حتى بين النساء أنفسهن، أليس كذلك؟ وعندئذ نهض «دانييل» وروى تلك القصة عن ملكة النحل. هل تتذكر يا «دانييل»؟».

«وكيف هي قصة ملكة النحل هذه؟»، سأل «سوسا» مأخوذًا.

«لم يكن معروفًا، في القديم، كيف يولد النحل. وقد ابتدع الحكماء من أمثال أرسطو نظريات غير معقولة. فكان يقال، على سبيل المثال، إن النحل يأتي من بطون الجواميس الميتة. واستمر الأمر على تلك الحال قرونًا وقرونًا. وهل تعرف ما سبب كل ذلك؟ لأنهم لم يكونوا قادرين على تصور أن الملك عند النحل هو ملكة. كيف يمكن تدعيم ركائز الحرية على مثل تلك الأكذوبة؟».

ثم أضافت: «صفقوا له كثيرًا».

«ياه، لم يكن تصفيقًا مدويًا»، علق الدكتور مازحًا.

«ولكن كان هناك تصفيق».

وقالت «ماريسا»:

«كنتُ معجبة به من قبل. ولكن بعد الاستماع إليه في ذلك اليوم، بدا لي جذابًا حقًّا. وازداد إعجابي به عندما حذرتني أسرتي: إياكِ أن تقربي هذا الرجل. فقد تقصوا في الحال عمن يكون».

«أما أنا فكنت أظن أنها خيَّاطة».

وضحكت «ماريسا»:

«أجل، لقد كذبتُ عليه. ذهبتُ لخياطة فستان، في مشغل خياطة قبالة بيت أمه. وكنت خارجة من تجربة الفستان، وكان هو آتيًا من عيادة مرضاه. نظر إليَّ، فواصلتُ قدمًا. والتفتَ فجأة: «هل تشتغلين هنا؟»، فأومأتُ بالإيجاب. فقال: «يا لَلخيَّاطة الجميلة! لا بد أنك تخيطين حريرًا»».

كان الدكتور «دا باركا» ينظر إليها بعينيه الهرمتين الموشومتين بالرغبة، وقال:

«ما بين الأنقاض الأثرية في «سنتياجو»، لا بد أنه لا يزال هناك مسدس صدئ. المسدس الذي أوصلته، هي نفسها، إلينا في السجن، لكي نحاول النجاة».

٢

لم يكن «هيربال» يتكلم تقريبًا.
كان يمر بخرقة على الطاولات، ويفعل ذلك بعناية مَن يلمع آلة موسيقية بجلد غزال. يُفرغ منافض السجائر. يكنس المحل بتمهل، مانحًا المكنسة وقتًا للتغلغل في الزوايا الضيقة. ينفث بحركة دائرية رذاذًا معطرًا له رائحة صنوبر كندي، هذا ما تقوله الكتابة على العبوة. وكان هو مَن يشعل أنوار إعلان النيون المُطل على الطريق، ذي الحروف الحمراء ورسم «فالكيري» تبدو كأنها ترفع ثقل ثدييها بعضلات قوية ذات شكل مغزلي. ويوصل جهاز الموسيقى بالتيار، ويضع تلك الأسطوانة الطويلة، «وداعًا يا حبي»، التي تتكرر طوال الليل مثل ترتيلة جسدية. تربت «مانيلا» على وجهها ببضع صفعات خفيفة، تسوي شعرها، وكأنها ستذهب للتمثيل في كباريه. وكان «هيربال» هو مَن يسحب المزلاج لفتح الباب.
تقول «مانيلا»:
«هيا أيتها الصغيرات، فاليوم يأتي ذوو الأحذية البيضاء».

تونة بيضاء. دقيق سمك. كوكائين. كان ذوو الأحذية البيضاء قد غزوا أراضي مُهربي «فرونتيرا» القدماء.

يبقى «هيربال» مستندًا بمرفقيه إلى البار، مثل حارس في مرصده. هي تعرف أنه يرصد من هناك كل حركة، يراقب الأشخاص الذين لهم، على حد قوله، وجه من فضة ولسان من مدية. ولم يكن يخرج إلا بين الحين والآخر من موقع مراقبته، في لحظات الازدحام القليلة، لكي يساعد «مانيلا» في تقديم كؤوس الشراب، ويفعل ذلك على طريقة ساقٍ في خضم حرب، وكأنه يسكب الخمر مباشرة في كبد الزبون.

كانت «ماريا دا فيسيتاساو» قد وصلت منذ وقت قريب من إحدى جزر الأطلنطي الأفريقية. من دون وثائق ثبوتية. فهي مثل من يقول مبيعة لـ«مانيلا». ولم تكن تعرف من موطنها الجديد أكثر من الطريق الذاهب إلى «فرونتيرا» إلا قليلًا. كانت تتأمل الطريق من نافذة المسكن، في مبنى الملهى نفسه، المعزول الذي لا تجاوره بيوت أخرى. وكانت هناك في فتحة النافذة نبتة جيرانيوم. إذا ما رأيناها من الخارج، بينما هي تنظر من النافذة من دون حراك، فسوف نظن أن فراشات حمراء قد حطت على طوطم وجهها البديع.

على الجانب الآخر من الطريق، توجد أيكة سنط عنبري. وقد ساعدتها تلك النباتات كثيرًا، في ذلك الشتاء الأول. فهي تتفتح على حافة الطريق، مثل شموع قربان للأرواح الهائمة، وهذه الرؤيا تخلصها من الإحساس بالبرد. هذه الرؤيا وغناء

الشحارير، بصفيرها الكئيب لكأنّه صفير الأرواح السوداء. وفيما وراء الأيكة، هناك مقبرة سيارات. في بعض الأحيان يُرى أناس يبحثون عن قطع بين الخردة. ولكن المقيم الدائم الوحيد هناك هو كلب مربوط إلى سيارة بلا عجلات تفيده ككوخ. كان يصعد إلى سطح السيارة، وينبح طوال النهار. فيبعث فيها ذلك إحساسًا بالبرد. كانت تظن أنها موغلة جدًّا في الشمال. وأنه فيما فوق «فرونتيرا»، يبدأ عالم من الضباب والعواصف الهوجاء والثلج. الرجال الذين يأتون من هناك لهم مصابيح في أعينهم، يفركون أيديهم لدى الدخول إلى الملهى، ويشربون مشروبات قوية.

وهم، باستثناء قلة منهم، قليلو الكلام.

مثل «هيربال».

إنها تجد «هيربال» لطيفًا. فهو لم يهددها، ولم يرفع يده ليضربها قطُّ، مثلما سمعت أنهم يفعلون بالفتيات في ملاهٍ أخرى على الطريق. و«مانيلا» لم تضربها كذلك، مع أن فمها يبدو في بعض الأيام أشبه ببندقية قصيرة سريعة الطلقات. كانت «ماريا دا فيسيتاساو» قد انتبهت إلى أن مزاج «مانيلا» يعتمد على الطعام. فعندما تستمتع على المائدة، تعامل الفتيات كما لو أنهن بناتها. ولكنها في الأيام التي تكتشف فيها أنها بدينة، تُطْلق اللعنات وكأنها تريد بذلك أن تتقيأ الشحوم. لم تكن أي واحدة من الفتيات تعرف جيدًا ما نوع العلاقة القائمة بين «هيربال» و«مانيلا». إنهما ينامان معًا. أو

إنهما ينامان في الحجرة نفسها على الأقل. وهما يتصرفان في الملهى كمالكة وموظف، ولكن من دون إصدار أو تلقي أوامر. وهي لم تكن تسبُّ وتشتم قطُّ عندما تتوجه إليه.

الملهى يُفتح عند الغروب، وهن ينمن خلال النهار. في أول ساعات ما بعد الظهر نزلت «ماريا دا فيسيتاساو» إلى المحل. كانت قد استيقظت متضايقة من آثار السُّكْر، تشعر برماد في فمها، وبألم في فرجها، بسبب احتدام حركات المهربين المكينة وهم يضاجعونها، ورغبت في تناول مزيج من عصير ليمون وبيرة باردة. كانت شبابيك المحل مغلقة، وكان «هيربال» جالسًا إلى إحدى المناضد، تحت مصباحٍ يشقُّ بئرًا من الضوء في العتمة.

وكان مستغرقًا في الرسم، على مناديل ورقية، بقلم نجّار.

٣

««متأسف جدًّا يا صديق»، ويضغط عمي على الزناد. «كنتُ أُفضل ألا أضطر إلى فعل ذلك يا صديق». ثم يضربه عمي عندئذ بقسوة بالعصا، يوجه ضربة صائبة إلى قَذال الثعلب العالق في الفخ. لقد كانت هناك ما بين عمي الصياد وطريدته لحظة النظرة. هو يقول للطريدة بعينيه، وأنا سمعت تلك الهمسة، بأنه لا سبيل آخر أمامه. وهذا هو الشعور الذي أحسست به أنا نفسي أمام الرسَّام. لقد اقترفتُ فظائع كثيرة، ولكنني عندما وجدت نفسي أمام الرسَّام دمدمتُ في داخلي بأنني متأسف جدًّا، وأنني أُفضل ألا أكون مضطرًّا إلى عمل ذلك، ولست أدري ما الذي فكر فيه هو، عندما التقت نظرته بنظرتي، في ذلك الوميض الرطب في الليل، ولكنني أريد أن أعتقد بأنه قد فهمني، بأنه أدرك أنني إنما أفعل ذلك لكي أوفر عليه العذاب. أسندتُ المسدس من دون تردد إلى صدغه، وفجَّرتُ رأسه. ثم تذكرتُ بعد ذلك القلم. القلم الذي كان يضعه على أذنه. هذا القلم».

٤

غضبت الجماعة، جماعة المُنزِّهين الذين يطلقون على أنفسهم «فرقة الفجر»، غضبوا كثيرًا. نظروا إليه أول الأمر باستغراب، كما لو أنهم يقولون: «يا لَلحمار، لقد أفلتت منه الطلقة، لا يمكن القتل هكذا». ولكنهم فيما بعد، لدى رجوعهم، كانوا يجترون التفكير في أنه قد أفسد الحفلة بتسرعه الكبير. كانوا قد فكروا في القيام بعمل خبيث ما. ربما بقطع خصيتيه وهو حي ودسهما في فمه. أو بتر يديه مثلما فعلوا بالنقاش «فرانسيسكو ميجيل»، أو بالخياط «لويس هويسي». خيِّط الآن يا «داندي»!

«لا ترتعبي يا امرأة، لقد كانت تحدث أمور مثل هذه»، قال «هيربال» لـ«ماريا دا فيسيتاساو». «أعرفُ واحدًا من هؤلاء ذهبَ لتعزية إحدى الأرامل، ووضع في يدها وهو يصافحها إحدى أصابع زوجها. وعرفت المرأة أنه زوجها من خاتم الزفاف».

مدير السجن، الذي كان رجلًا معذبًا جدًا، ويقال إنه

صديق قديم لبعض من كانوا في الداخل، طلب منه في ليلة القتل تلك أن يرافقهم. استدعاه جانبًا. كانت ساعة المعصم ترتعش في يده. وطلب منه بصوت خافت جدًا: «لا تجعله يتألم يا «هيربال»». وحتى في هذه الحال، كان قادرًا على إنجاز شكليات القيام بالواجب. رافق جماعة المُنزِّهين إلى الزنزانة. قال له: «أيها الرسَّام، يمكنك الخروج، سيُطلق سراحك». وكانت قد سُمعتْ للتو دقات الثانية عشرة ليلًا من ناقوس «البيرينجويلا». «إطلاق سراحي في الثانية عشرة ليلًا؟»، سأل الرسَّام مرتابًا. «هيا، اخرج، لا تُصعِّب الأمر عليَّ». وكان الكتائبيون يضحكون، وهم لا يزالون مختبئين في الممر.

ولم يتكلف «هيربال» في المهمة أي جهد. لأنه يتذكر عند القتل عمه الصياد، العم نفسه الذي كان يطلق أسماء على الحيوانات. فالأرانب البرية يسميها «خوسيفينا»، ويسمي الثعلب «دون بيدرو». وكذلك لأنه كان يشعر، في الحقيقة، بالتقدير نحو ذلك السيد. فالرسَّام كان سيدًا بكل معنى الكلمة. في ذهابه من السجن وإيابه إليه، كان يعامل السجان وكأنه مُعيِّن المقاعد في صالة سينما.

لم يكن الرسَّام يعرف شيئًا عن الحارس، ولكن «هيربال» كان يعرف شيئًا عنه. لقد قيل إن ابنه، برفقة أولاد آخرين، ألقى أحجارًا على بيت الألماني، واحد من جماعة «هتلر» كان يعطي دروسًا بلغته في «سنتياجو». حطموا زجاج بيته. حضر الألماني إلى مفوضية الشرطة غاضبًا جدًّا، كما لو أن

ذلك مؤامرة دولية. وبعد قليل، حضر الرسَّام مع ابنه، وهو صبي ضئيل جدًّا ومرتعش، عيناه أكبر من يديه، وأخبر عنه بأنه واحد ممن رموا الحجارة. حتى المفوض نفسه أصيب بالذهول. أخذ أقواله، ولكنه طلب من كليهما الانصراف، من الأب والابن.

«هكذا كان الرسَّام في استقامته»، أوضح «هيربال» لـ«ماريا دا فيسيتاساو». «وكان أحد أول من اعتقلناهم. «إنه خطير جدًّا»، هكذا قال الرقيب «لانديسا». كيف يكون خطيرًا؟ هذا شخص غير قادر على أن يدوس نملة. «وماذا تعرفون أنتم؟!»، رد الرقيب بغموض. «إنه رسَّام الملصقات، إنه من يرسم الأفكار»».

عندما بدأت حركة التمرد، اقتادوا أبرز الجمهوريين إلى السجن. وكذلك بعض من هم أقل أهمية، ولكنهم ممن ترد أسماؤهم، على الدوام، في قائمة الرقيب «لانديسا» السوداء الغامضة. سجن مدينة «سنتياجو» المعروف باسم «الفالكونا» يقوم وراء قصر «راكسوي»، في المنحدر الذي ينتهي عند ساحة «أوبرادويرو»، قبالة الكاتدرائية تمامًا، بحيث إنك إذا حفرت نفقًا فسوف تصل إلى سرداب ضريح الحواري[1].

---

(١) المقصود بالحواري هو القديس «سنتياجو دي كومبوستيلا» (يعقوب ابن زبدي) الذي تقوم كاتدرائيته في المدينة التي تحمل اسمه في «غاليسيا»، وإليها يحج المؤمنون الكاثوليك من كافة أنحاء إسبانيا. (المترجم).

هناك يبدأ ما كانوا يسمونه «الجحيم الصغير». فبالقرب من كل كاتدرائية من العصور الوسطى، كل معبد عظيم للرب، كان هناك جحيم صغير، مكان الخطيئة. وفيما وراء السجن كان يقوم «البومبال»[٢]، حي المومسات.

جدران السجن كانت من خزف مغطى بالطحالب. ومن حسن حظهم، إذا كان يمكن قول ذلك، أن الصيف كان مقدمتهم إلى الموت. فالسجن في الشتاء ثلاجة تنبعث منها رائحة العفونة، والهواء له ثِقل الأوراق المبللة. ولكن لم يكن هناك بعد مَن يفكر في الشتاء.

خلال تلك الأيام الأولى، كان الجميع يبدون طبيعيين، السجناء والحراس، مثل مسافرين فوجئوا بعطل في منحدر الحياة، وينتظرون ضربة مناسبة من ذراع التشغيل، تدفع المحرك، لتتجدد الرحلة. بل إن المدير كان يسمح لأهالي السجناء بالزيارة، وبأن يحملوا إليهم الطعام المطبوخ في البيت. وكانوا هم، المعتقلين، يعقدون اجتماعات خلال ساعات الخروج إلى الفناء بعدم مبالاة ظاهرية، جالسين على الأرض أو مستندين إلى الجدران، بالبشاشة التي كان بعضهم يبديها قبل بضعة أيام، في مقاعدهم المعهودة، حول طاولات صغيرة عليها فناجين يتصاعد منها البخار، في مقهى «إسبانيول» ذي الجدران المزينة بجداريات الرسَّام. أو مثل

---

(٢) بيت الحمائم. (المترجم).

العمال في استراحة العمل، بعد إمالة واقية الخوذة في حركة توقير ساخرة من رب عملهم الشمس، وتوجيه بصقة عند الانتهاء من الحفر، وذهابهم للبحث عن ظل ماء وخبز، من أجل إطلاق بعض ضحكات ما بعد الأكل. كانوا معتقلين من ذوي البدلات أو القمصان، ولكن الانتظار الطويل، وغبار التقويم، راحت تساوي بين الجميع في الفناء، مثلما يفعل التقادم بصورة جماعية. «إننا نبدو كحصادين». «نبدو كمتشردين». «نبدو كغجر». «لا»، قال الرسَّام، «إننا نبدو كمعتقلين. لقد بدأنا نتخذ لون المعتقلين».

خلال ساعات الحراسة، كان بإمكان «هيربال» سماعهم عن قرب. لقد كانوا يسلونه مثل مذياع. وكانت مزولة الحديث تمضي وتجيء. كان يقترب مجانبة، ويدخن سيجارة، وهو مستند إلى إطار الباب المؤدي إلى الفناء. يسمعهم يتكلمون في السياسة. «عندما نخرج من هذه»، يقول «خيراردو»، المعلم في «بورتو دو سون»، «يتوجب على الجمهورية أن تتأهب وتأخذ حذرها، مثلما يفعل البحارة بعد ضربة من البحر. الجمهورية الفيدرالية».

إنهم يتحدثون الآن عن الحلقة الضائعة ما بين القرد والإنسان.

«الإنسان بطريقة ما»، يقول الدكتور «دا باركا»، «ليس ثمرة الكمال، وإنما هو ثمرة علة مرضية. فقد كان على الكائن المتحول الذي انحدرنا منه أن ينتصب على ساقيه، لسبب

مرضي. ووجد نفسه في حالة دونية واضحة، بالمقارنة مع أسلافه ذوي الأربع. ولن نتحدث عن فقدان الذيل والشَّعر. لقد كانت كارثة من الوجهة البيولوجية. أنا أعتقد أن من ابتدع الضحك هو الشمبانزي، عندما وجد نفسه للمرة الأولى في ذلك المشهد كـ«إنسان منتصب». تصوروا. كائن منتصب، من دون ذيل وشبه منتوف. إنه مشهد مؤثر. مشهد يميت من الضحك».

وقال الرسَّام: «أنا أُفضل أدبية الكتاب المقدس على تطور الأنواع. فالكتاب المقدس هو أفضل سيناريو وُجد حتى الآن لفيلم هذا العالم».

«لا. أفضل سيناريو هو ذاك الذي نتجاهله. القصيدة السرية للخلية، أيها السادة!».

«هل صحيح هذا الذي قرأته في النشرة الأسقفية يا «دا باركا»؟»، تدخل «كاسال» بسخرية. «هل صحيح أنك قلت في محاضرة إن الإنسان يحن إلى الذيل».

ضحك الجميع، بدءًا من المُستَجْوَب الذي جاراه: «أجل. وقلتُ كذلك إن الروح موجودة في الغدة الدرقية! ولكن بما أننا في هذا الأمر فسوف أخبركم بشيء. إننا نعاين في العيادات حالات إغماء ودوار، تحدث عندما ينهض الإنسان واقفًا فجأة. إنها آثار متبقية من الخلل الوظيفي الذي اقتضاه اتخاذ الوضع العمودي. ما يعانيه الإنسان حقًّا هو الحنين إلى الأفقية. أما بالنسبة إلى الذيل، فلنقل إن عدم

امتلاك الإنسان له، أو امتلاكه مبتورًا، هو حالة شذوذ، نوع من القصور البيولوجي. فهذا الغياب للذيل يجب ألا يكون عاملًا ضئيل الشأن في تفسير أصل اللغة الشفوية».

«ما لا أفهمه»، قال الرسَّام مستمتعًا، «هو كيف يمكن لك، أنت المادي، أن تؤمن بالفرقة المقدسة».

«لحظة واحدة! أنا لست ماديًّا. سيكون ذلك ابتذالًا من جانبي، وإهانة للمادة التي تفعل الكثير لتخرج من ذاتها، كي لا تمل. أنا أؤمن بواقع ذكي، بجو يمكن القول إنه فوق طبيعي. فالكائن المتحول المنتصب على سطح الأرض، منح القهقهة للشمبانزي. فعرف السخرية. كان يعرف أنه مختلٌّ، غير طبيعي. ولهذا السبب أيضًا كانت لديه غريزة الموت. لقد كان حيوانًا ونبتة في الوقت ذاته. له وليس له جذور. من هذا الاختلال، من هذا الشذوذ، برزت المشكلة الكبرى. طبيعة ثانية. واقع آخر. وهذا هو ما كان يسميه الدكتور «نوفوا سانتوس» الواقع الذكي».

«أنا تعرفت على «نوفوا سانتوس»»، قال «كاسال». «لقد طبعتُ أحد مؤلفاته، ويمكنني القول إننا كنا صديقين جيدين. هذا الرجل كان معجزة. إنه استثنائي جدًّا في هذه البلاد الجاحدة».

توقف عمدة «سنتياجو»، الذي كان يكرس أمواله الشحيحة لطباعة الكتب، عن الكلام، ثم تذكر مغمومًا:

«الفقراء كانوا يدعونه «نوفو سانتو»(٣). ولكن كهوف الكهنوت والجامعة كانت تكرهه. في أحد الأيام دخل إلى الكازينو، وألقى بالأثاث من النافذة. كان هناك فتى قد انتحر بسبب ديون القمار. أفكار «نوفوا» المثالية تنفع كدستور: أن يكون المرء طيبًا بعض الشيء ومتمردًا بعض الشيء. عندما حصل على منصب أستاذ كرسي في مدريد، امتلأ في درسه العبقري المدرج الكبير. ألفا شخص نهضوا واقفين. صفقوا له مثلما يصفقون لفنان، كما لو أنه «كاروسو». مع أنه كان قد تحدث عن الانعكاسات الجسمانية!».

وقال «دا باركا»: «عندما كنتُ طالبًا، حالفني الحظ بحضور إحدى عياداته للمرضى. رافقناه لزيارة عجوز محتضر. كان حالة غريبة. لم يكن هناك من يصيب في معرفة الداء. كانت الرطوبة شديدة في مستشفى الإحسان، إلى حد أن الكلمات كانت تتعفن فور ملامستها للهواء. وبمجرد أن رأى «دون روبيرتو» المريض، حتى من دون أن يلمسه، قال: «ما يعاني منه هذا الرجل هو الجوع والبرد. قدِّموا له مرقًا دافئًا حتى يشبع، وغطوه ببطانيتين»».

«وأنت يا دكتور، هل صحيح أنك تؤمن بالفرقة المقدسة؟»، سأله «دومبودان» بسذاجة.

جاب «دا باركا» دائرة الأصدقاء بنظرة مسرحية نفَّاذة.

---

(٣) القديس الجديد. (المترجم).

«أؤمن بالفرقة المقدسة لأنني رأيتها. ليس للنمطية السائدة. فحين كنتُ طالبًا، ذهبت في إحدى الليالي للنبش في مستودع عظام موجود بجانب مقبرة «بويساكا». كان لديَّ امتحان، وكنت بحاجة إلى عظم إسفيني، وهو من عظام الرأس التي تصعب دراستها جدًّا: يا لروعة العظم الإسفيني بشكله الخفاشي ذي الأجنحة! وعندئذ سمعتُ شيئًا لم يكن ضجة، كما لو أن الصمت يرتل صلاة «جريجورية». وهناك، أمام عينيَّ، كان صف من القناديل. كان هناك، واعذروا تحذلقي، الفُتات الهيولي للموتى».

لم تكن ثمة حاجة إلى الاعتذار، لأن الجميع فهموا ما أراد قوله. كانوا يصغون باهتمام شديد، مع أن تعبير النظرات كان يتحول من الذهول إلى عدم التصديق.

«ثم ماذا؟».

«لا شيء. وضعت التبغ على يدي، مقدرًا أنهم قد يطلبونه. ولكنهم مروا مرور الكرام، مثل راكبي دراجات نارية صامتين».

«وإلى أين كانوا يتجهون؟»، سأل «دومبودان» بقلق.

نظر إليه الدكتور «دا باركا» هذه المرة بجدية، كما لو أنه يريد أن يبدد أمامه كل أثر للوقاحة.

«نحو عدم المبالاة الأبدية يا صديقي».

ولكنه انتبه بعد ذلك إلى قلق «دومبودان»، فصحح مرفقًا قوله بابتسامة: «أظن في الواقع أنهم كانوا متوجهين إلى «سان

أندريس دي تيكسيدو»، التي يذهب إليها ميتًا من لم يزرها حيًّا. أجل، أظن أنهم كانوا يمضون في ذلك الاتجاه».

«سأروي لكم قصة». كسرَ الصمتَ عاملُ الطباعة «مارونيو»، وهو اشتراكي يطلق عليه أصدقاؤه لقب «أو - بو»(٤). «ليست حكاية، إنها حدث».

«وأين حدثت؟».

«في غاليسيا»، قال «أو - بو» متحديًا. «وأين يمكن أن تحدث إلا في غاليسيا؟».

«أيوه».

«حسن. في مكان يسمى «ماندورو»، كانت تعيش شقيقتان، تعيشان وحيدتين، في بيت ريفي خلَّفه لهما أبواهما. ومن البيت، كان بالإمكان رؤية البحر، وسفن كثيرة تبدل هناك اتجاهها من أوروبا نحو بحار الجنوب. إحدى الشقيقتين تدعى «حياة» والأخرى «موت». وكانتا فتاتين جميلتين، ممتلئتين ومرحتين».

«ومن تدعى «موت» كانت جميلة أيضًا؟»، سأل «دومبودان» قلقًا.

«أجل. حسن. كانت جميلة، ولكنها مشعثة الشعر بعض الشيء. والقضية هي أن الشقيقتين كانتا متفاهمتين على أحسن حال. وبما أن المتقدمين إليهما كانوا كثيرين، فقد اتفقتا

---

(٤) الطيب. (المترجم).

٣٠

وتعاهدتا على أنه بإمكانهما تبادل المغازلات مع الرجال، بل خوض مغامرات معهم، ولكن من دون أن تنفصل إحداهما عن الأخرى أبدًا. وقد أنجزتا ما تعاهدتا عليه بوفاء. ففي أيام الأعياد تنزلان معًا إلى الرقص، في مكان يدعى «دونايري»، حيث يتوافد جميع شبان الأبرشية. ومن أجل الوصول إلى هناك، كان عليهما أن تجتازا أراضي مستنقعية، كثيرة الوحل، معروفة باسم «فرونتيرا». وكانت الشقيقتان تذهبان بالقباقيب، وتحملان حذاءيهما في أيديهما. وكان حذاء «موت» أبيض، وحذاء «حياة» أسود.

«ألا يكون العكس هو الصحيح؟».

«لا. كان الحذاءان مثلما أقول لكم. والحقيقة أن هذا الذي تفعله الشقيقتان، كانت تفعله كل الفتيات الأخريات. يذهبن بالقباقيب ويحملن الأحذية في أيديهن، لكي تظل نظيفة عندما يبدأ الرقص. وهكذا، كان يجتمع عند بوابة قاعة الرقص حوالي مائة قبقاب، مثل زوارق على شط رملي. أما الشبان فلم يكونوا كذلك. فالشبان يذهبون على الخيول. ويتواثبون على مطاياهم، وخصوصًا لدى الوصول، لكي يبهروا الفتيات. هكذا كان يمضي الوقت. وكانت الشقيقتان تذهبان إلى الرقص، وتخوضان غرامياتهما، ولكنهما تعودان على الدوام، عاجلًا أو آجلًا، إلى البيت.

في إحدى الليالي، في ليلة شتائية، وقعت حادثة غرق سفينة. فهذه البلاد مثلما تعرفون كانت، وما زالت، بلاد

حوادث غرق كثيرة. ولكن حادثة الغرق تلك كانت خاصة جدًّا. فالسفينة الغارقة تدعى «باليرمو»، وكانت محملة بالأكورديونات. ألف أكورديون معبأة في صناديق خشبية. العاصفة أغرقت السفينة، وجرفت الحمولة باتجاه الساحل. والبحرُ، بأذرع الحمال الغاضب، حطم الصناديق، وراح يحمل الأكورديونات إلى الشواطئ. دوت الأكورديونات طوال الليل، بألحان أقرب إلى الكآبة بالطبع. كانت الموسيقى تنساب من النوافذ، مبللة بالعاصفة الهوجاء. ومثل جميع أهالي المنطقة، استيقظت الشقيقتان واستمعتا كذلك متفاجئتين. وفي الصباح كانت الأكورديونات تقبع على الرمال، مثل جثث آلات غارقة. لقد تعطلت جميعها ولم تعد نافعة. جميعها ما عدا واحدًا منها. عثر عليه صياد شاب في مغارة. وبدا له الأمر حُسن طالع، إلى حد أنه تعلم العزف عليه. كان شابًّا مرحًا وشديد الحيوية، ولكن ذلك الأكورديون وقع في يده مثل نعمة. أُغرمت «حياة»، وهي إحدى الشقيقتين، بذلك الشاب كثيرًا، في حفلة الرقص التي قررت فيها أن ذلك الحب أثمن من كل روابطها بشقيقتها. فهربا معًا لأن «حياة» تعرف أن مزاج «موت» شيطاني، وأنه يمكن لها أن تكون فظيعة الانتقام. وقد كانت كذلك فعلًا. فهي لم تغفر لها مطلقًا. ولهذا تذهب وتجيء في الدروب، وخصوصًا في الليالي العاصفة، وتتوقف في البيوت التي عند أبوابها قباقيب، وتسأل مَن تجده: «هل تعرف شيئًا عن شاب يعزف

الأكورديون، وعن تلك العاهرة «حياة»؟»، ولأن مَن تسأله لا يعرف شيئًا، فإنها تقتاده أمامها».

عندما أنهى عامل الطباعة «مارونيو» قصته، همس الرسَّام: «إنها قصة جميلة جدًّا».

«لقد سمعتها في إحدى الحانات. هناك خمارات أشبه بجامعات».

«سيقتلوننا جميعًا! ألا تدركون ذلك؟ سيقتلوننا جميعًا!».

الصارخ هو معتقل ظل طوال الوقت في أحد الأركان، بعيدًا بعض الشيء عن الجماعة، وكأنه غارق في تأملاته.

«أنتم هناك تثرثرون وتثرثرون، مرددين حكايات العجائز. ولا تدركون أنهم سيقتلوننا جميعًا. سيقتلوننا جميعًا! جميعًا!».

تبادلوا النظرات متفاجئين، من دون أن يعرفوا ما عليهم أن يفعلوه، كما لو أن شمس أغسطس الزرقاء الحامية فوقهم قد تشظت إلى فُتات من الثلج.

اقترب منه الدكتور «دا باركا»، وأمسكه بقوة من معصمه.

«اهدأ يا «بالدومير»، اهدأ. تبادُل الحديث هو نوع من التعزيم».

٥

كان الرسَّام قد حصل على قلم نجّار. وكان يحمله مثبتًا على أذنه، مثلما يفعل رجال المهنة، مستعدًّا للرسم في كل لحظة. هذا القلم كان، في الأصل، مِلكًا لـ«أنطونيو بيدال»، وهو نجَّار دعا إلى الإضراب من أجل ثمان ساعات عمل، وكان يكتب به ملاحظات إلى صحيفة «الكرورساريو». وقد أهداه بدوره إلى «بيبي بيابيردي»، وهو نجَّار من الساحل، له ابنة تدعى «ماريكينيا» وأخرى «فراتيرنيداد». وقد كان «بيابيردي»، حسب قوله بالذات، تحرريًّا وإنسانيًّا، وكان يبدأ خطاباته العمالية بالحديث عن الحب: «يمكن للمرء العيش كشيوعي إذا أحب، وبما يتناسب مع مدى حبه». وعندما صار مراقب قوائم في السكة الحديد، أهدى «بيابيردي» القلم لصديقه النجَّار والنقابي «مارثيال فييامار». وقبل أن يقتله المُنزِّهون الذين يذهبون لاصطياد المعتقلين في سجن «فالكونا»، أهدى «مارثيال» القلم إلى الرسَّام حين لاحظ أن

هذا الأخير يحاول أن يرسم «بوابة المجد»[٥] بقطعة من فتات القرميد.

ومع مرور الأيام، بآثارها من أسوأ النذر المشؤومة، كان يزداد تركيز الرسَّام على دفتره. وبينما الآخرون يتحدثون، يقوم هو برسمهم من دون كلل. يبحث عن زاوية مناسبة لرسم وجوههم، عن لمحة مميزة، عن نظرة، عن مناطق الظلال. ويعمل ذلك في كل مرة بمزيد من الانكباب، بصورة محمومة تقريبًا، وكأنه يلبي طلبية مستعجلة.

الرسَّام يوضح الآن من هو كل واحد منهم في «بوابة المجد».

لقد كانت الكاتدرائية هناك، على بعد بضعة أمتار، ولكن الحارس «هيربال» لم يزرها إلا في مناسبتين اثنتين. مرة وهو طفل، عندما جاء أبواه من الضيعة، ليبيعا بذور كرنب وبصل في يوم القديس «سنتياجو». وهو يذكر من تلك الرحلة أنهم أخذوه إلى قديس «كروكيس»[٦]، وأنه وضع أصابعه في

---

(٥) أحد المعالم البارزة في كاتدرائية «سنتياجو دي كومبوستيلا»، تزينها مجموعة كبيرة من التماثيل وأعمال الحفر الحجرية والرموز الدينية التي تمثل البلاط السماوي. (المترجم).

(٦) تمثال قديس عند بوابة كاتدرائية «سنتياجو»، يضرب الحُجاج به رؤوسهم ثلاث مرات، كجزء من طقوس الحج إلى المكان. (المترجم).

الحجر المنحوت على مقاس اليد(٧)، وأنه كان عليه أن يضرب جبهته برأس التمثال الحجري. ولكنه بقي مفتونًا بعينَي القديس الأعمى، وكان الأب، ضاحكًا بفمه الخالي من الأسنان، هو من أمسكه من قَذاله وضرب رأسه بالتمثال فجعله يرى نجومًا. وقالت أمه: «إذا لم يفعل ذلك بمشيئته فلن تأتيه الأنوار». فقال الأب: «لا تخافي، لن تأتيه الأنوار بأي حال». والمرة الثانية التي زار فيها الكاتدرائية، كانت وهو بالزي العسكري الرسمي في أثناء القداس الاحتفالي السنوي، كان الممر مزدحمًا بالناس، وكانوا يتعرقون تراتيل لاتينية لا تنتهي. ولكن «البوتافوماريو» أصابته بالنشوة والافتتان. هذا أمر يتذكره جيدًا. فالمبخرة الكبرى تلف المذبح بالضباب، وكأن ذلك كله حلم غريب.

الرسَّام يتكلم عن «بوابة المجد». كان قد رسمها بقلم ثخين أحمر، يحمله دومًا على أذنه، مثل نجَّار. كل شخصية من الشخصيات المنحوتة على البوابة، تُمثل واحدًا من أصدقائه في سجن «الفالكونا». كان يبدو راضيًا. «أنت يا كاسال»، قال لمن كان عمدة «كومبوستيلا»، «أنت موسى يحمل ألواح الشريعة». وأنت يا «باسين»، قال لواحد كان من

---

(٧) حجر في بوابة الكاتدرائية فيه خمسة ثقوب، يُدخل الحاج أصابعه الخمس فيها، قبل أن يضرب رأسه ثلاثًا بتمثال قديس كروكيس. (المترجم).

نقابة السكك الحديد، «أنت القديس يوحنا الإنجيلي، يطأ النسرَ بقدميه. والقديس بطرس هو أنت أيها الضابط»، قال للملازم «مارتينيث»، الذي كان دركيًّا، وصار عضوًا في المجلس البلدي الجمهوري. وكان هناك أيضًا سجينان عجوزان، «فيريرو دي ثاس» و«جونثاليث دي ثيسوريس»، وقال لهما إنهما العجوزان اللذان فوق، في الوسط، مع عازف الأُرْغُن، في جوقة القيامة. أما عن «دومبودان» الذي كان أصغرهم سنًّا، وعلى شيء من السذاجة، فقال إنه الملاك الذي ينفخ البوق. وهكذا قال للجميع، كل واحد بشخصية، مثلما أمكن رؤيتهم بعد ذلك مرسومين في الورقة. وأوضح الرسَّام أن قاعدة «بوابة المجد» يشغلها مسوخ لهم مخالب ومناقير جوارح، وعندما سمعوا ذلك صمتوا جميعهم، صمتًا وشى بهم، لأنه لاحظ جيدًا، هو نفسه، «هيربال»، أن كل العيون انغرست في شبحه الذي يظهر كشاهد صامت. وأخيرًا قرر الرسَّام الكلام عن النبي «دانييل». قال عنه إنه الوحيد الذي يبتسم باستهتار في «بوابة المجد»، إنه آية في الفن، وأُحجية للخبراء. «وهذا هو أنت يا «دا باركا»».

٦

في أحد الأيام، ذهب الرسَّام ليرسم مجانين مستشفى الأمراض العقلية في «كونكسو». كان يريد رسم الآثار التي يُحدثها الألم النفسي في الوجوه، ليس لسبب مرضي وإنما لافتتان سحيق. فالمرض العقلي، حسب تفكير الرسَّام، يوقظ في الوجوه ردة فعل طاردة. الخوف حيال المجنون يسبق الشفقة التي قد لا تأتي أبدًا في بعض الأحيان. ربما، حسب اعتقاده، لأننا نحدس بأن هذا المرض يشكل جزءًا من الروح المشتركة والطليقة التي تختار هذا الجسد أو ذاك، حسب ما يناسبها. ومن هنا الميل إلى إخفاء المريض. الرسَّام يتذكر طفلًا في حجرة مغلقة على الدوام، في بيت مجاور. وفي أحد الأيام سمع صرخات، وسأل من يوجد هناك. فقالت له ربة البيت: «لا أحد».

كان الرسَّام يريد أن يرسم جراح الحياة غير المرئية.

كان مشهد مستشفى المجانين مؤثرًا. ليس لأن المجانين توجهوا إليه مهددين، فقلة هم الذين فعلوا ذلك، وبطريقة بدت

طقوسية، وكما لو أنهم يحاولون أن يصرعوا رمزًا. ما أثر في الرسَّام هو نظرة من لا ينظرون. ذلك التخلي عن الأبعاد، ذلك اللامكان المطلق الذي يهيمون فيه.

تخلى عن الشعور بالخوف، واضعًا عقله في يده. راحت جرة القلم تتابع خط غمِّ الذهول، الهذيان. اليد تمر بحركة لولبية محمومة بين الجدران. عاد الرسَّام إلى نفسه لحظة، ونظر إلى الساعة. لقد انقضى بعض الوقت على الساعة المتفق عليها لمغادرته. كان الليل يخيم. أطبق الدفتر، وتوجه نحو البوابة. كان الباب مقفلًا بقفل ضخم. ولم يكن هناك أحد. نادى الرسَّام على الحارس، بصوت خافت في أول الأمر، ثم صارخًا بعد ذلك. لقد تأخر نصف ساعة، ليس بالوقت الطويل. وماذا لو أنهم نسوه؟ كان هناك مجنون في الحديقة لا يزال يعانق جذع شجرةِ بَقْس. وفكر الرسَّام بأن عمر الشجرة مئتا سنة على الأقل، وأن ذلك الرجل يبحث عن شيء راسخ، وطيد.

مرت الدقائق ووجد الرسَّام نفسه يصرخ بغمٍّ، وكان النزيل المقيد إلى شجرة البَقْس ينظر إليه بشفقة متضامنة. وعندئذ جاء رجل باسم، شاب ولكنه يرتدي بدلة، وسأله ما الذي يجري له. فقال له الرسَّام إنه رسَّام، وإنه جاء إلى هناك بتصريح، لكي يرسم المرضى، وإنه قد سها عن الوقت. فقال له ذلك الشاب ذو البدلة، بجدية تامة: «هذا بالضبط ما حدث لي».

ثم أضاف:

«وقد مضت عليَّ سنتان وأنا محبوس».

وتمكن الرسَّام من رؤية عينيه نفسه بالذات. بياض ثلج وذئب متوحد في الأفق.

«ولكنني لستُ مجنونًا!».

«هذا هو بالضبط ما قلته أنا».

وبما أنه رآه على حافة الهلع، ابتسم وكشف نفسه: «إنني أمزح. أنا طبيب. اطمئن، سنخرج الآن».

هكذا تعرَّف الرسَّام على الدكتور «دا باركا». وكانت تلك بداية صداقة حميمة.

نظر إليه الحارس من العتمة، مثلما فعل في مرات كثيرة سابقة.

«وأنا أيضًا عرفتُ الدكتور «دا باركا» جيدًا»، روى «هيربال» لـ«ماريا دا فيسيتاساو». «عرفته جيدًا. ولا يمكنني أن أخمن مطلقًا، كم كان هو يعرف عني. لقد كنتُ ظله طوال فترة طويلة. تابعتُ خطواته مثل كلب صيد. لقد كان رَجلي».

كان ذلك بعد انتخابات فبراير ١٩٣٦، عندما فازت «الجبهة الشعبية»(٨). جمع الرقيب «لانديسا» سرًّا جماعةً من

---

(٨) تحالف أحزاب يسارية إسبانية فازت في انتخابات عام ١٩٣٦، ولكن الجنرال «فرانكو» قاد حركة تمرد بعد شهور من ذلك، بدعم من «هتلر» و«موسوليني»، للإطاحة بالحكومة المنتخبة، وأدت حركة =

الرجال الذين يثق بهم، وكان أول ما قاله لهم هو أن هذا الاجتماع لم يحدث قط. «احفروا هذا جيدًا في رؤوسكم. ما يقال هنا لم يُقل قطُّ. لا وجود لأوامر، لا وجود لتعليمات، لا وجود لزعماء. لا وجود لأي شيء. أنا فقط الموجود، وأنا الروح القدس. لا أريد برازًا. أنتم منذ الآن أشباح، والأشباح ليس لها براز، أو أن برازها أبيض مثل براز النوارس. أريدكم أن تكتبوا لي رواية حول كل واحد من هؤلاء الأشخاص. أريد معرفة كل شيء عنهم».

عندما بسط قائمة الأهداف التي علينا أن نرصدها عن قرب، وهي أسماء أشخاص عامِّين وآخرين غير معروفين، شعر الحارس «هيربال» بإحساس لاذع في لسانه. أحد الأسماء الواردة في القائمة هو اسم الدكتور «دا باركا». «أنا أستطيع تولي أمر هذا الرجل أيها الرقيب. لديَّ آثاره». «ولكن، هل يعرفك هو؟». «لا، إنه لا يعلم حتى بوجودي».

«عليك أن تذكر أن هذه ليست مسألة شخصية، المطلوب هو الحصول على معلومات فقط».

فقال «هيربال» كاذبًا: «لا وجود لأي شيء شخصي أيها الرقيب. سأكون غير مرئي. الكلمات لا تطاوعني، ولكنني سأكتب رواية عن هذا الرجل».

= التمرد إلى نشوب الحرب الأهلية الإسبانية التي استمرت حتى عام ١٩٣٩، وأسفرت عن هزيمة القوات الجمهورية وانتصار المتمردين بقيادة الجنرال «فرانكو». (المترجم).

«لديَّ معلومات بأنه محرض كبير».

«إنه مثل بارود مشتعل أيها الرقيب».

«إلى الأمام إذن».

سيتذكر «هيربال»، بمرور الزمن، ذلك الاجتماع الذي لم يحدث قطُّ، وسيرد من جديد إلى ذاكرته صوت الماء المغسول باللحم ذاك، عندما تكلم أحدهم عن الرسَّام. «وهو ليس نقاشًا»، قال الرقيب «لانديسا» للعميل المكلف بمراقبته أخيرًا. «إنه يرسم أفكارًا. يعيش في بيت «لاتومبونا»». وضحكوا جميعهم. جميعهم ما عدا «هيربال» الذي لم يعرف سبب ضحكهم، ولم يسأل عنه. بعد سنوات من ذلك، سيعرف السبب من فم الرسَّام المرحوم نفسه. «لاتومبونا» هي عاهرة عجوز، تُعلِّم المهنة للشابات المستجدات. تعلِّمهن خصوصًا كيف يتحملن، خلال أقصر وقت ممكن، ثِقل الرجل فوق أجسادهن، والقاعدة الذهبية في تقاضي الأجر قبل تقديم الخدمة. وروى له المرحوم كذلك أنهم بين حين وآخر كانوا يطرقون باب بيته. آباء وأمهات يأتون مع بناتهم الصبايا ليسألوا عن «لاتومبونا». «كانت زوجتي تعض شفتها، وتقول لهم إنه لم يعد هناك أي «تومبونا». ثم تبكي بعد ذلك. كانت تبكي على كل واحدة منهن. وقد كانت على حق. فقريبًا جدًّا من هناك، في شارع «بومبال»، سيجدون «لاتومبونا» التي يبحثون عنها».

بعد أربعة أشهر من ذلك الاجتماع، في أواخر شهر

يونيو، سلَّم «هيربال» التقرير عن الدكتور «دا باركا». قيَّمه الرقيب بوزنه. كان يبدو رواية بالفعل. فهو إضبارة تضم كومة من الملاحظات، مكتوبة باليد، بخط متعرج. لطخات الحبر الكثيرة، المجرحة بورق نشاف، تبدو أشبه بآثار شجار متعب. ولولا أنها زرقاء لقيل إنها قطرات دم سقطت من جبهة مخربشها. في الفقرة نفسها، كانت عصي الحروف الطويلة تميل باتجاهات مختلفة، نحو اليمين أو نحو اليسار، مثل صواري أسطول انقضت عليه الرياح.

بدأ الرقيب «لانديسا» بقراءة ورقة لا على التعيين. «ماذا تقول هنا؟ درس في «التشريع» على جثة!»، وصرخ متهكمًا: «تشريح يا «هيربال»، تشريح».

«كنت قد نبهتك إلى أن الحروف لا تطاوعني»، قطع الحارس الطريق عليه غاضبًا.

ملاحظة أخرى: «درس احتضار. وتصفيق». وما هو هذا؟».

«كان هذا أستاذ كرسي يا سيدي. إنه رئيس «دا باركا». انبطح على طاولة وقلد تنفس الميتين قبل أن يموتوا، إنه الموت في زمنين. تحدث عن شيء يصيب بعض المحتضرين، نوع من الهذيان، يساعدهم على المغادرة بهدوء. قال إن الجسد حكيم جدًا. وبقي ميتًا كما في المسرح. فصفقوا له كثيرًا».

«كان علينا أن نذهب لرؤيته»، علق الرقيب متهكمًا. ثم

سأل بعد ذلك باستغراب كبير: «وما الذي تقوله هنا؟»، وقرأ بصعوبة: «دكتور «دا باركا». «الجمال، الجمال. . . الجمال الجسدي»؟».

«دعني أرَ»، قال «هيربال» مقتربًا منه ليقرأ من فوق كتفه. وارتعش صوته حين تعرَّف على العبارة التي كتبها هو نفسه: «الجمال السُّلي يا سيدي».

«فهو، الدكتور «دا باركا»، عاين أمام الطلاب صبيَّة مريضة، من نزيلات القسم الخيري في المستشفى. في البدء وجَّه إليها أسئلة. ما اسمها ومن أين هي. اسمها «لوثيندا»، وهي من «بالديمار». وقال لها: «يا له من اسم جميل». ثم أمسك معصمها ونظر إلى عينيها. وقال للطلاب إن العينين هما نافذتا الدماغ. ثم أجرى لها ذلك النقر بأصابعه».

صمت «هيربال» لحظة، وهو ساهم النظرات. لقد كان يعيد من جديد بناء ذلك المشهد الذي حيره وفتنه في الوقت نفسه. الفتاة بذلك القميص الرقيق جدًّا. وذلك الإحساس بأنه كان قد رآها من قبل وهي تُسرح شعرها قبالة نافذة. الدكتور يضع برفق إصبعين من يده اليسرى، ويضغط بالوسطى مباشرة. «مرفقه لا يتحرك. تقدير نقاء الصوت. هكذا». خامد. خامد. هممم. لا خامد ولا صاخب. وفحصها بعد ذلك باستخدام ذلك الجهاز، جهاز الاستماع، وقام بالجولة نفسها. على الرئتين. هممم. «شكرًا يا «لوثيندا»، يمكنك الذهاب لارتداء ملابسك. ثمة بعض البرد. كل شيء سيكون

على ما يرام، سترين». وعندما ذهبت الفتاة، قال للطلاب: «إنه صوت طرق على قِدر عتيقة. ولكن لم تكن هناك في الواقع حاجة لشيء من كل هذا الفحص. فالوجه النحيل والشاحب، المصبوغ قليلًا في الخدين. وبريق حبيبات العرق في هذه القاعة الباردة. وكآبة النظرة. . . ذلك كله هو الجمال السُّلي».

«التدرن الرئوي يا دكتور!»، هتف طالب يقف في الصف الأول.

«بالضبط». وأضاف بأثر من المرارة: «عصية كوخ تزرع التدرن في الحديقة الوردية».

أحس «هيربال» بمجس مسماع الطبيب البارد في صدره. وبأحدهم يهتف: «إنه صوت طرق على قِدر عتيقة!».

«الجمال السُّلي. لفتت انتباهي هذه الجملة أيها الرقيب. ولهذا دوَّنتُها».

«ألم يكن ذهابك إلى الكلية تهورًا؟».

«لقد اختلطتُ بجماعة من الطلاب البرتغاليين القادمين في زيارة. كنت أريد أن أعرف إذا ما كان يُنظِّر في الدروس».

لم يعد الرقيب إلى رفع نظره عن تلك الأوراق إلى أن أكمل قراءتها. كان يبدو مفتونًا بما يُروى فيها، وبين حين وآخر يدمدم على الماشي. «أهو كوبي إذن؟». «أجل يا سيدي، إنه ابن مهاجرَيْن عائدَيْن من كوبا». «يلبس بتأنق، إيه؟». «برشاقة. ولكنه لا يملك، من دون شك، سوى بدلة

واحدة أيها الرقيب، وربطتَي عنق فراشيتين. وهو لا يرتدي معطفًا أو قبعة على الإطلاق». «هل عمره أربع وعشرون سنة فقط؟». «يبدو أكبر من ذلك يا سيدي. أحيانًا يُطلق لحيته. هنا تقول إن الكتعان يرفعون الساعد المبتور كما القبضة». «لا بد أن هذا الشخص يتكلم جيدًا». «أفضل من الكاهن يا سيدي». «ويبدو أن هذه الآنسة «ماريسا ماللو» مشوقة». فصمت «هيربال».

«أهي جيدة أم لا؟».

«إنها جميلة جدًّا، أجل، ولكن لا علاقة لها بكل هذا».

«لا علاقة لها بماذا؟».

«بأموره يا سيدي».

تصفح الرقيب بضع قصاصات صحف أضافها «هيربال» إلى التقرير. «قوام الروح والواقع الذكي». «التوابيت الطفولية في أزمنة «تشارلز ديكنز»». «رسوم «ميليه»، وأيدي الغسَّالات، والمرأة غير المرئية». «جحيم «دانتي»، لوحة «المجنونة كيت»، مصح «كونكسو» للمجانين». «مسألة الدولة، الثقة القاعدية وقصيدة «تحقيق العدالة باليد» لـ«روساليا دي كاسترو»». «حبكة المنظر الطبيعي ومشاعر الحنين». «الإنسان الآتي: البيولوجيا الوراثية، الرغبة في أن نكون أصحاء، ومفهوم حياة الثقالة». ونظر الرقيب إلى التوقيع نفسه في كل المقالات: «د. باركوفسكي».

««باركوفسكي» إذن، آه، أرى أن رَجلك لا يكل. طبيب

في مشفى الإحسان البلدي. أستاذ مساعد في كلية الطب. فضلًا عن كونه كاتب منشورات، ومُحاضرًا، ورجل اجتماعات حاشدة. ينتقل من المستشفى إلى المركز الجمهوري، ويبقى لديه متسع من الوقت مع ذلك ليأخذ خطيبته إلى «السينماتوجراف» في مسرح الأمير. وهو صديق حميم للرسَّام، ذلك الداعية الغاليسي، صاحب اللوحات الدعائية. يرافق الجمهوريين، والفوضويين، والاشتراكيين، والشيوعيين، ولكن، إلى أي لعنة منهم ينتمي هذا الرجل؟».

«أظن أن فيه شيئًا من كل هؤلاء يا رقيبي».

«الفوضويون والشيوعيون لا يطيق بعضهم بعضًا. قبل أيام كادوا أن يصلوا إلى الاشتباك بالأيدي في مصنع التبغ. مخلوق غريب «دا باركا» هذا!».

«يبدو لي أنه يمضي طليقًا. مثل صلة وصل بين الجميع».

«لا تتوقف عن مراقبته إذن. يا له من طائر!».

لقد كان هناك كل ما يجب معرفته عن الرجل، وكان كل شيء موصوفًا بخراقة حِرفية، تجعله أكثر فائدة وضمانًا. كل ما يجب معرفته عن رجل: صداقاته، دروبه المعهودة، الصحف التي يقرؤها، صنف التبغ الذي يدخنه.

الحارس «هيربال» يعرف الدكتور «دا باركا» جيدًا، مع أن هذا الأخير لا يمكنه حتى أن يتخيله. لقد بدأ باقتفاء آثاره منذ بعض الوقت، ليس لأنهم أمروه بذلك، وإنما لأن الأمر كان يخرج من أعماقه. يمكن القول إنه كان يمضي وراءه مثل

كلب، متشممًا خطواته. وكان يكره الدكتور «دا باركا». لم يكن قد مضى وقت طويل على تخرُّجه في كلية الطب، ولكنه أحرز مع ذلك شهرة بكونه موهبة طبية كبيرة. وهي لا تقل عن شهرته كثوري. في مهرجانات القرى يتكلم الغاليسية، بنبرة كوبية، إذ إنه ولد هناك لأسرة مهاجرين، ويتمتع بتلك الخطابية الخاصة، مع موهبة فتيل البارود المشتعل التي تجعل العُرجان ينهضون، والكتعان يرفعون قبضاتهم. وكان يقول إنه لا بد من النضال ضد داء الهواء.

أناس كثيرون ما كانوا يفهمون نظريات السياسيين، ولكنهم كانوا يفهمون ذاك الذي يقوله عن داء الهواء. وهو نفسه، «هيربال»، أُصيب بداء الهواء في طفولته. لقد تحول لونه إلى الأخضر، لون أخضر قبيح مثل خضرة عشبة «الروماثا»، وكان ينمو بالعرض فقط. وجاء وقت صار يمشي فيه مثل بطة. أخذوه من مداوٍ إلى مداوٍ، إلى أن طلب أحدهم من أبيه أن يُغطسه في ماء تبغ. وهذا ما فعله. وكان هو مقتنعًا، لأسباب لا علاقة لها بمرضه، بأن أباه لن يتورع عن إغراقه فعلًا. تلوَّى وعض يد أبيه. فازداد عندئذ غضب الأب وشتمه: «اللعنة على الفرج الذي أخرجك!». وغطَّسه تمامًا في برميل النقيع. أبقاه غاطسًا حتى اللحظة التي رآه فيها يتوقف عن الخبط بذراعيه.

«وما إن خرجتُ من البرميل حتى كنتُ مصبوغًا بلون التبغ وبدأت أكبر طولًا، وأصبحت هزيلًا جدًّا مثلما ترينني».

أجل، لقد كان يفهم جيدًا ما يقال في مهرجانات «الجبهة الشعبية» تلك. أما ما يمكن قوله عن خروجه من الضيعة حقًّا، فقام به للمرة الأولى عند أداء الخدمة العسكرية. وقد كانت تلك الفترة بالنسبة إليه فترة التقاط أنفاس. وباستثناء بعض الإجازات القصيرة، لم يرجع إلى القرية إلا لدفن أبويه. وفي الخدمة العسكرية، كان ضمن القوات التي يقودها الجنرال «فرانكو» عندما «أخمد» ـ وهذه هي الكلمة التي يستخدمها الجميع ـ ثورة عمال المناجم في «أستورياس» سنة ١٩٣٤. وقد صرخت به امرأة جاثية أمام زوجها الميت، وعيناها محمرتان: «أيها الجندي، أنت شعب أيضًا!». وفكر هو: «أجل، هذا صحيح. اللعنة على الشعب. اللعنة على البؤس». وحاول فيما بعد أن يتقاضى راتبًا مقابل خدماته. فتطوع كشرطي.

لقد كان الدكتور «دا باركا» على صواب. فسرعان ما سيصله داء الهواء. كان هو ـ «هيربال» ـ واحدًا ممن اعتقلوه، وهو عمليًّا من أحكم السيطرة عليه، بضربة بأخمص سلاحه على قَذاله. فقد كان «دانييل دا باركا» طويلًا وذا صدر بارز. كل ما فيه كان مندفعًا إلى أمام: الجبهة، الأنف، الفم ذو الشفتين الممتلئتين جدًّا. وعندما يشرح ما يقوله، يفتح ذراعيه مثل جناحين، وتبدو أصابعه كما لو أنها تتكلم إلى البكم.

في الأيام الأولى للتمرد العسكري، بقي متخفيًا. وكان لا بد من الانتظار إلى أن يستعيد الثقة، إلى أن يظن أن

عمليات الصيد قد هدأت. وعندما اقترب أخيرًا من بيت أمه، انقض عليه الخمسة الذين يشكلون الدورية، فقاوم مثل خنزير بري. وكانت الأم تصرخ كمجنونة من النافذة. ولكن أكثر ما أثار حفيظة «هيربال» هو خروج الخيَّاطات من مشغل مقابل. رُحْن يشتمنهم، يبصقن عليهم، بل إن واحدة من الخيَّاطات تجرأت على شدِّهم من سُتَرهم وخمش رقابهم. كان الدكتور «دا باركا» ينزف من أنفه، من فمه، من أذنيه، ولكنه لم يستسلم. إلى أن تمكن هو - «هيربال» - من ضربه بأخمص سلاحه على رأسه، فهوى على وجهه فوق الأرض.

«عندئذ التفتُّ نحو الخيَّاطات، وصوبتُ السلاح نحو بطونهن. ولولا الرقيب «لانديسا»، ما كنت أعرف ما الذي يمكن أن أفعله، لأنه إذا كان هناك شيء يستثيرني، فإنه صراخ أولئك الفتيات من أجله، مثل جوقة أرامل. كان بإمكاني تَفهُّم صراخ أمه، أما صراخهن فكان يخرجني عن طَوري. وعندئذ بُحتُ بما كان ينهشني من الداخل: ما الذي ترينه في هذا القوَّاد؟ ما الذي يعطيكن إياه؟ إنكن عاهرات، جميعكن عاهرات! فشدني الرقيب «لانديسا» وقال لي: «هيا يا «هيربال»، ما زال لدينا عمل كثير»».

٧

كانت للدكتور «دا باركا» خطيبة. وكانت تلك الخطيبة هي أجمل امرأة في العالم. في العالم الذي رآه «هيربال»، وبكل تأكيد في ذاك الذي لم يره كذلك. اسمها «ماريسا ماللو». وكان هو ـ «هيربال» ـ ابن فلاحين فقراء. الأشياء الجميلة قليلة جدًّا في بيته في القرية. وهو يتذكر ذلك البيت، من دون حنين، ممتلئًا بالدخان والذباب. فذاكِرته تعبق، مثل ماسورة عبر الزمن، برائحة الروث وغاز الكاربور. كل شيء، ابتداءً من الجدران، كان مغطى بطبقة زنجار، مثل شحم خنزير زنخ، ذات لون أصفر مائل إلى السواد، يتغلغل في العيون. وعندما كان يخرج مع البقرات في الصباح، كان يرى كل شيء، من خلال تلك النظارة ذات الصفرة المائلة إلى السواد. حتى المراعي الخضراء، كان يراها بذلك اللون. إنما كان هناك شيئان في البيت، ينظر إليهما ككنز. أحدهما هو أخته «بياتريث»، فتاة شقراء ذات نظرة زرقاء، مصابة على الدوام بزكام وسيلان مخاط أخضر. والشيء الآخر هو علبة سفرجل

قديمة من الصفيح، تخبئ فيها أمه مجوهراتها: قرطين من الكهرمان، ومسبحة، وقلادة ذهب فنزويلي طرية مثل الشوكولاتة، وقطعة عملة فضية من فئة «الدورو» من زمن الملك «ألفونسو الثاني عشر»، ورثتها عن أبيها، ومشابك مطلية بالفضة لتثبيت الشعر. وكان فيها كذلك برطمان صغير، فيه حبتا أسبرين وسنُّه الأولى.

كان يضع تلك السِّن في راحة يده، فتبدو له مثل حبة جاودار قرضها فأر. ولكن الجميل حقًّا هو علبة الصفيح القديمة، الصدئة عند حوافها. فقد كان على غطائها رسم فتاة، تحمل ثمرة في يدها، وتضع مشبكًا في شعرها، وترتدي ثوبًا أحمر، مُطبَّعًا بزهور بيضاء، وله كشاكش دانتيلا عند الكُمَّين. في المرة الأولى التي رأى فيها «ماريسا ماللو»، أحس كما لو أنها قد خرجت من علبة السفرجل، لتتمشى في سوق «فرونتيرا» الكبيرة. كان قد ذهب، لبيع خنزير وبعض البطاطا الباكورية. وكان لا بد من اجتياز ثلاثة كيلومترات، في درب موحل، من الضيعة إلى القرية. كان أبوه يمضي أمامه، بقبعته التي من اللبد، وابنته الصغيرة بين ذراعيه، ووراءه الأم، تحمل السلة الثقيلة على رأسها. أما هو فيمضي في الوسط، يشدُّ الخنزير المربوط بحبل من قائمته. وكان الحيوان يثير قنوطه وهو يحاول، طوال الوقت، أن يدس مخطمه في الوحل. وعندما وصلوا إلى «فرونتيرا»، بدا الخنزير مثل خُلد ضخم. فوجه إليه أبوه صفعة. «من سيشتري

الآن هذا الحيوان؟». وكان هو هناك، في السوق، ينظف طبقة القذارة التي غطت الخنزير، بحزمة من القش، عندما رفع رأسه ورآها تَمُر. كانت بارزة مثل السيدة بين الفتيات الأخريات اللاتي بَدَون كأنهن يرافقنها لمجرد أن يشار إليها بالإصبع ويقال «تلك هي الملكة». كن يذهبن ويجئن مثل سرب فراشات، وكان هو يلاحقهن بنظراته، بينما أبوه يسبُّ ويلعن، لأن أحدًا لن يشتري الخنزير وهو بكل تلك القذارة، وكل ذلك بسببه. كان «هيربال» يحلم بأن الحلُّوف خروف، وبأنها تدنو منه وتسرِّح صوفه الأجعد بأصابعها. ويدمدم أبوه: «كان علينا أن نبيعك أنت وليس الخنزير. هذا إذا كان هناك من يرغب في شرائك».

«هكذا كان أبي. إذا ما بدأ يومه بالسباب، فإنه لا يتوقف عن ذلك، مثل من يحفر ويحفر بئر براز تحت قدميه. وكنت أنا أقول في نفسي أجل، عسى أن يأتي أحدهم ويشتريني، ويأخذني مربوطًا بحبل من قائمتي».

وأخيرًا باعوا الخنزير والبطاطا الباكورية. واشترت الأم صفيحة زيت، عليها كذلك صورة امرأة تشبه «ماريسا ماللو». وعادوا مرات كثيرة إلى سوق «فرونتيرا» الكبيرة. لم يعد يهمه مزاج أبيه. لقد كانت أيام السوق بالنسبة إليه أيام أعياد، الأيام الوحيدة التي لها مغزى طوال السنة. وكان ينتظر بلهفة قدوم اليوم الأول من الشهر. وهكذا راح يرى كيف كانت «ماريسا ماللو» تكبر، وتتحول إلى امرأة، امرأة من أُسر المنطقة

المتنفذة، عرابها العمدة، وأبوها الكاتب الشرعي، وهي الأخت الصغرى لكاهن «فرونتيرا». كما أنها قبل كل شيء حفيدة «دون بينيتو ماللو». ولكنه لم يمتلك خروفًا قط ليرى إذا ما كانت ستدنو منه لتُمسِّد صوفه الأجعد.

٨

بينما هم عائدون في السيارة، بعد تنزيه الرسَّام، وبينما بقية الجماعة يتداولون فيما بينهم زجاجة كونياك، ويشربون من فوهتها مباشرة، لاحظ للمرة الأولى ذلك الاختلال في رأسه. أحس كما لو أن أحدهم قد دخل فيه. كان الكتائبيون قد تحولوا من السخط إلى القهقهات، وراحوا يربتون على كتفه: «اشرب، اللعنة، اشرب». ولكنه قال لهم إنه لا يشرب. فغرقوا في الضحك. «منذ متى يا "هيربال"؟». وأجاب بجدية كبيرة أنه لا يشرب منذ الأزل: «الكحول لا يناسبني». «ولكنك تمضي ثملًا على الدوام!». فقال الذي يسوق: «دعه، إنه في حالة غريبة هذه الليلة، حتى إن صوته قد تغير».

ولم يعد يتكلم. كان قد سمع صوت الطلقة، وخمدت همته. ومن خلال قِمع طريق مستقيمة تمامًا، كان يرى الرسَّام وهو يرسم «بوابة المجد»، مستخدمًا قلم نجَّار. كان يفعل ذلك بمهارة لا تُصدق. يمكنه أن يصفه بكلمات لم يستخدمها قط. كان رأسه يقول له: «جمال الملائكة الذين يحملون

أدوات آلام المسيح، هو جمال متألم، يُظهر كآبة الموت الجائر الذي تلقاه ابن الرب». وعندما رسم النبي «دانييل»، استطاع إبراز الابتسامة السعيدة التي في الحجر. وبينما هو يتابع اتجاه نظرته، تمعن في تفسير الأُحجية. عبر ساحة «أوبرادويرو»، كانت «ماريسا ماللو» تأتي بالطعام، متشحة بأشعَّة شمس، وتحمل سلة مغطاة بمنديل أبيض.

«كيف جرت عملية الأمس يا «هيربال»؟»، سأله مدير السجن بعبوس.

«كان نصرانيًّا يا سيدي».

انتبه إلى أن المدير ينظر إليه مستغربًا، وتذكر ما قاله الآخر في الليل، عن أن صوته قد تغير. من الأفضل له أن يصمت من الآن فصاعدًا. عليه أن يكتفي بألفاظ مقتضبة فقط: أجل، لا، سيدي.

عندما دخلت «ماريسا ماللو» بالطعام، ردَّ على تحيتها، «صباح الخير»، بزمجرة وإيماءة فظة تعني «ضعي السلة هناك، لأني سأقوم بالتفتيش». وما إن رفع المنديل، حتى رأى قالب الجبن المحلي ملفوفًا بورقة كرنب. «هناك يوجد أخمص المسدس»، قال له الملقن الذي في رأسه. وفي اليوم التالي عادت بالسلة، ورأى هو طاحون المسدس، ضمن البسكويت، وقال مومئًا بأن كل شيء على ما يرام، ويمكنها أن تُدخل السلة. وفي اليوم الثالث، كان يعرف أن السبَطانة مخبَّأة في الخبز. وانتظر بفضول تسليم الجزء الجديد، في صباح اليوم

الذي جاءت فيه «ماريسا»، وحول عينيها زرقة لم يرها من قبل قط، لأنه نظر إليها مواجهة أخيرًا، وتجرأ على تعريتها من أعلى إلى أسفل، وكأنها جبن، وبسكويت، وخبز. قالت له: «لقد جئتُ ببعض أسماك الترويت». ورأى هو رصاصة في بطن كل سمكة، وقال: «حسنًا، سأُدخلها أنا فيما بعد، والآن انصرفي».

كان قد تفادى، حتى ذلك الحين، عينَي «ماريساماللو». وصوب برأسه المنحني نظره إلى معصميها. وآلمه أن يعرف أن ما كان يشاع صحيح. لقد قطعت أوردة معصميها عندما حاول ذووها، سادة «فرونتيرا»، إجبارها بكل السبل على نسيان الدكتور «دا باركا» إلى الأبد. كانت «ماريسا ماللو» على العظم. وكانت «ماريسا ماللو» تضع أربطة المستشفى مثل أساور. وكانت «ماريسا ماللو» مستعدة للموت من أجل الدكتور «دا باركا». وعندئذ مضى هو إلى حجرة الحراسة، وبتكتم شديد استبدل الرصاصات بأخرى من عيار آخر. وفي ظلمة الليل، عندما ركَّب الدكتور «دا باركا» المسدس، وحاول حشو الطاحون بالرصاص، أدرك أن عملية الهروب قد أخفقت. وأمام ذهول رفاقه، خبَّأ إلى الأبد مسدسًا مع طلقات غير نافعة، تحت البلاطة التي استطاع تحريكها.

لم تمض ليالٍ كثيرة على ذلك، حتى جاء المُنزهون في طلبه. كان بينهم أناس من «فرونتيرا»، يعرفونه جيدًا، ويتلهفون للنيل منه. وكان بين الجماعة كذلك طالب طب

فاشل. ولكن «هيربال» لم يسمح لهم بالدخول إلى الزنازين. فقد كان الصوت الذي في رأسه يملي عليه مثل مُلَقِّن. «قل لهم إنه لم يعد هنا، وإن الصدفة شاءت أن ينقلوه، هذا المساء بالذات، إلى «كورونيا»». فقال هو: «يا لَلمصادفة. هذا الذي تبحثون عنه، نُقل اليوم بالذات إلى «كورونيا»، ليخضع هناك لمحاكمة مقتضبة. لا أظنه سيخرج منها». وبما أن الآخرين كانوا آتين وهم مصممون على قتله، بتكليف من أحد الآمرين الكبار، فقد رفع يده إلى نحره: «سيُجرى إعدامه علنًا، وبتعليق لافتة مناسبة عليه. ستتم تصفيته خلال يومين أو ثلاثة أيام في «كامبو دا راتا»، اذهبوا مطمئنين، ولتحيَ إسبانيا!».

كان هناك شيء من الصحة في الرواية التي اختلقها، لأن عمليات النقل إلى سجن «كورونيا» كانت قد ازدادت في الأيام الأخيرة. وفي تلك الليلة بالذات، دخل الحارس «هيربال» إلى مكتب المدير، وبحث بين الأوراق إلى أن عثر على أوامر النقل. كان مقررًا نقل المعلمين الثلاثة في اليوم التالي. وقال له الرسَّام المرحوم: «خذ أمر النقل، ثم خذ الآن ريشة المدير، واكتب في هذا الفراغ الاسم الكامل للدكتور «دا باركا»».

عندما رآه الدكتور «دا باركا» عند البوابة، في اليوم التالي، وهو في طريقه إلى قَدَرِه الجديد، وكان مقيدًا بالأصفاد، ويحمل متاعه الوحيد المتمثل بالحقيبة التي استخدمها كطبيب، لاحظ «هيربال» أنه يوجه إليه نظرته

الصارمة. عينان تقولان: «لن أنساك أبدًا يا قاتل الرسَّام، ولتعش حياة طويلة، حتى ينمو فيك فيروس عذاب الضمير، ويعفن حياتك». عندما جاءت «ماريسا ماللو»، في ساعة الزيارة، قال لها إنه لم يعد موجودًا هناك، من دون أن يقدم لها مزيدًا من الشروح، وبأقصى ما يمكن من الفتور، كما لو أن الشخص المعنيَّ غريب تمامًا، وغائب في الزمن. وكل ذلك لأنه أراد أن يرى كيف يمكن أن يكون حزن أجمل النساء. من أجل أن يرى كيف تولد الدموع من ينبوع صعب المنال. وبعد مرور ثوانٍ أبدية، أضاف قائلًا، مثل من يلتقط من الهواء تحفة خزفية فاخرة، توشك أن تسقط وتتفتت: «إنه في «كورونيا». وهو حي».

في ذلك اليوم بالذات، ذهب لمقابلة الرقيب «لانديسا». «أريد يا رقيبي أن أطلب منك معروفًا شخصيًّا جدًّا». «قل ما تريده يا «هيربال»». كان الرقيب «لانديسا» يحبه. فهو ينفذ ما يُؤمر به على الدوام، من دون أي تفكير. وهما يتفاهمان على أحسن حال. كلاهما جاسا أشواك الرتم وهما صغيران. «انظر يا رقيبي، أريدك أن ترتب أمر انتقالي إلى «كورونيا»، فأختي تقيم هناك، وزوجها يضربها، وهي ستوفر لي الإقامة هناك، لكي أوقفه عند حده». «لك ما تشاء يا «هيربال»، وعليك أن توجه إليه ركلة كهدية مني». ثم وقَّعَ له ورقة، ومهرها بختم، فلسبب ما كان الرقيب «لانديسا» يملك صلاحيات أكبر مما تشير إليه رتبته. وبعد ذلك، ذهب لمقابلة

الضابط المكلف بالتنقلات ضمن الجهاز. وكان رجلًا مرتابًا، من أولئك الذين يفهمون أن سعيهم لوضع العقبات هو مهمة خطيرة. وعندما طرح عليه رغبته في الانتقال إلى سجن «كورونيا»، قاطعه الضابط وهو ينهض عن كرسي مكتبه، وألقى عليه خطبة نارية. «إننا نخوض حربًا لا هوادة فيها ضد الشر، وعلى انتصارنا يتوقف إنقاذ المسيحية، هناك آلاف الرجال في هذه اللحظة، يقامرون بحياتهم في الخنادق. وفي أثناء ذلك، ما الذي نفعله نحن؟ تعقيب معاملات. تخنثات. أريد متطوعين، متطوعين للقتال في سبيل الرب والوطن، هذا ما أريده هنا، أريدهم صفوفًا، عند باب مكتبي». وعندئذ قدم إليه هيربال الورقة الموقَّعة من الرقيب «لانديسا»، فأصيب الضابط بالشحوب: «ولماذا لم تقل لي من قبل إنك من جهاز المخابرات؟». وهمس له الرسَّام في أذنه، وكأنه يتسلى بما يحدث: «قل له إن مهمتك ليست في إلقاء الخطابات». ولكن «هيربال» صمت. وقال له الضابط: «قدِّم نفسك غدًا بالذات في موقعك الجديد. وانس ما قلته لك. فالمعركة الأساسية تخاض في المؤخرة».

٩

كان هناك مئات المعتقلين في سجن «كورونيا». وبدا أن كل شيء يدور بطريقة منظمة، أكثر آلية. بما في ذلك «النزهات» الليلية. لقد اعتادوا أخذهم للموت في مكان قريب جدًّا، في «كامبو دا راتا»، على شاطئ البحر. خلال إطلاق النار، تنعكس أحزمة ضوء فنار «هيركوليس» على من سيُعدمون رميًا بالرصاص الذين يرتدون قمصانًا بيضاء، تجعلهم يلمعون. البحر يخور في الجروف من «بونتا هيرمينيا» حتى «سان آمارو» مثل بقرة مجنونة، في نوافذ المطاعم الخاوية. بعد كل إطلاق نار، هناك صمت تفجع بشري. إلى أن تبدأ من جديد ترتيلة البقرة المجنونة.

إحدى تسليات المُنزِّهين الليليين هي «الموت المؤجل». فأحيانًا، ينجو أحد المعتقلين المختارين للقتل، بأن تكون من نصيبه طلقة خلبية، وهذا الحظ، هذه الحياة بالمصادفة، تجعل كل شيء أكثر مأساوية، قبل عملية الإعدام وبعدها. قبلها، لأن أملًا ضئيلًا جدًّا ونزويًّا يعكر، مثل حصى في الطريق،

الإحساس بالرحمة لدى من يمضون في الرتل إلى الموت. وبعدها، لأن الذي يعود منهم حيًّا، يوثِّق الرعب في هلع عينيه.

في أحد الأيام الأولى من شهر سبتمبر، عند الغروب، وبينما هو في برج حراسته يتابع طيران غراب بحري، قال له صوت الرسَّام: «حاول أن تذهب متطوعًا هذه الليلة». ورد هو غاضبًا، ومن دون خوف من أن يسمعه أحد: «كفَّ عن إزعاجي». «ما هذا يا «هيربال»؟ هل ستتخلى عنه الآن؟». «لا تزعجني أكثر أيها الرسَّام، هل لاحظت كيف ينظر إليَّ؟ كما لو أنه يغرس إبرتَي حقنتين في عينَيَّ. عندما تأتي «ماريسا» لزيارته، يظن أنني أقف من تلقاء نفسي بينهما بالضبط، لأسمع ما يقولانه. هذا الشخص لا يعرف ما الأوامر!». فقال له صوت الرسَّام: «يمكنك أن تغض النظر عنهما قليلًا يا رجل». «لقد فعلتُ ذلك، وأنت تعرف أنني فعلتُ ذلك، تركتهما يتبادلان اللمس برؤوس أصابعهما».

وسألته «ماريا دا فيسيتاساو»: «ما الذي كانا يقولانه عندما تلتقي رؤوس أصابع أيديهما؟».

«كانت هناك ضجة كبيرة. فقد كان السجناء والزوار كثيرين إلى حد لم يكن التفاهم معه ممكنًا حتى ولو صرخا. كانا يقولان أشياء من تلك التي يقولها العشاق، ولكنها أكثر غرابة.

قال لها إنه سيذهب، عندما يخرج طليقًا، إلى «بورتو»،

إلى سوق «بيلهاو»، ليشتري لها كيس فول ملون، من تلك التي يسمونها عجائبية.

وقالت هي إنها ستهدي إليه كيس ساعات زمنية. وإنها تعرف بائعًا متجولًا من «بلنسيا»، يبيع ساعات زمن ضائع.

وقال هو إنهما سينجبان ابنة، وستكون شاعرة.

وقالت هي إنها حلمت بأنهما قد أنجبا منذ سنوات عديدة طفلًا، وإنه هرب في سفينة، وصار عازف كمان في أمريكا.

وأنا الذي كنت أفكر في أنها ليست مهنًا مفيدة للأزمنة الحالية».

وأمضى «هيربال» تلك الليلة مترصدًا، لكي ينضم متطوعًا إلى جماعة المُنزِّهين، عندما تحين ساعة الإخراج للنزهة. وقد كان هذا الأمر مثيرًا للفضول حقًّا. فمن دون أي إشعار، وكما لو أن الأمر من شؤون القمر، كان الجميع يعرفون متى تكون هناك ليلة دم. وبينما هو يقف في فصيلة الإعدام، قبالة الدكتور «دا باركا»، أبدى عدم مبالاة أكبر من أي وقت آخر، وكأنه يراه للمرة الأولى. ولكنه بعد ذلك، عندما صوب سلاحه، تذكر عمه الصياد، وقال بنظرته: «أُفضل ألا أفعل ذلك يا صديق». وكان المعتقلون الذين تربوا في العذاب، يحاولون البقاء منتصبين، فوق أكوام الزبالة في «كامبو دا راتا»، ولكن الهواء البحري القوي كان يهزهم مثل ثياب منشورة على سلك سفينة. من كان عليه أن يطلق النار أولًا، مفتتحًا حفلة الصيد، انتظر إلى أن تمر حزمة ضوء الفنار،

ويأتي فاصل أكبر من الظلام. فذلك يجعلهم يشعرون كما لو أنهم يطلقون النار على الريح. قليل من الوقت، وتطوِّح هبَّة من الريح الشمالية الشرقية الموتى عن كاهلهم.

بقي الدكتور «دا باركا» منتصبًا بعد إطلاق النار.

«خذه»، همس الرسَّام في أذن «هيربال» وهو يحثه. «هيا تحرك!».

«هذا سأعيده معي!» قال «هيربال». وانطلق به مسرعًا مثل صياد يحمل طائرًا حيًّا من جناحيه.

من يرجع من رحلة الموت يصبح جزءًا من مرتبة مختلفة في الوجود. فهو يفقد في بعض الأحيان سلامة التفكير والقدرة على الكلام في أثناء الطريق. ويتحول بالنسبة إلى المُنزِّهين أنفسهم إلى نوع من الكائن غير المرئي، المنيع، ويتوجب عليهم تجاهله بعض الوقت إلى أن يستعيد طبيعته الفانية.

ولكنهم جاؤوا في طلب الدكتور «دا باركا» من جديد بعد أيام قليلة.

«هيا استيقظ، إنهم يفتحون الأبواب!»، نبَّه الرسَّام الحارسَ «هيربال» وهو يهزه من أذنه. «لا، لا، هذه المرة لا»، قال له الحارس بصوت عالٍ. «كفى. دعني بسلام. إذا كان له أن يموت، فليمت دفعة واحدة عاهرة». فقال صوت الرسَّام: «اسمع. هل ستتراجع الآن؟ أنت لا تتعرض لأي خطر». «لا أتعرض!»، رد «هيربال» وهو يوشك أن يصرخ.

«سأصاب بالجنون، هل يبدو لك هذا قليلًا؟». فقال الرسَّام باقتضاب: «لن يكون الجنون سيئًا في هذه الأزمنة».

فتح حراس بوابة السجن الرئيسية الطريق لجماعة المُنزِّهين، وكانوا أناسًا لا يعرفهم، باستثناء واحد منهم، بعثت رؤيته فيه القشعريرة، وهو المعتاد على كل شيء. إنه كاهن، كان قد رآه من قبل، وهو يرفع كأس القربان في طقوس دينية رسمية. ولكنه يرتدي الآن قميصًا أزرق، ويضع مسدسًا في حزامه. جابوا الممرات والزنازين، وراحوا يجمعون محصولهم من الرجال، وفق قائمة معهم. «هل انتهينا؟». «بقي واحد، «دانييل دا باركا»». لفَّ الصمتُ ليلةَ الموت. وُجِّه المصباح اليدوي إلى حزمة هناك. إنه «دومبودان». فقال «هيربال»: «لا بد أنه هذا».

ولكن صوت الشبح الحازم ارتفع عندئذ: «عمن تبحثون؟».

«عن دانييل دا باركا!».

«إنني أنا، هأنذا هنا».

«والآن، ماذا؟»، يتردد «هيربال» مشوشًا. فيأمره صوت الرسَّام: «اذهب معهم أيها الأبله».

انتشر الخبر في الزنازين. إنهم يُخرجون الدكتور «دا باركا» للتنزه للمرة الثانية. وكما لو أن السجن قد وصل إلى حافة القدر المحتوم، راح يتقيأ كل صرخات اليأس والغضب المتراكمة خلال ذلك الصيف اللانهائي لعام ١٩٣٦. وكذلك

المواسير، والقضبان، والجدران. صدمة ضارية تنتقل عدواها بين الرجال والأشياء.

في أثناء الطريق، على حافة شاطئ «سان آمارو»، قال «هيربال»: «هذا سيكون لي. إنها مسألة شخصية».

جرجر «هيربال» الدكتور «دا باركا» حتى الرمل. أوقعه على ركبتيه بلكمة على البطن. أمسكه من شعره: «افتح فمك، عليك اللعنة». اصطدم المسدس بالأسنان. وفكر الدكتور: «من الأفضل أن أفتح فمي كي لا يهشم أسناني». أدخَلَ السبَطانة في الفم. داعب ظفر الموت حلقه. وفي اللحظة الأخيرة أنزل «هيربال» مسار المسدس، وقال:

«فلينقص المخنثون واحدًا».

في الصباح التقطته بعض الغسَّالات. نظفن جراحه بماء البحر. فاجأهن بعض الجنود. «من أين خرج هذا؟». «ومن أين يمكن أن يخرج؟ من هذا السجن، مثل الآخرين». وأشرن إلى الموتى. ثم سألن الجنود: «ماذا ستفعلون به؟». «سنعيده إلى هناك ثانية. ماذا تُردن أن نفعل؟ أتُردن أن يخصونا؟».

«يا لَلرجل المسكين، هل هناك رب في السماء؟».

كان الدكتور «دا باركا» مصابًا بجرح نظيف. فقد خرجت الرصاصة من الرقبة، من دون أن تصيب أي جهاز حيوي. وقال الدكتور «سولانس»: «لقد فقد كثيرًا من دمه، ولكن بقليل من الحظ، يمكن له أن يستعيد عافيته».

«يا لَلعذراء المقدسة! أكاد أؤمن أنها معجزة، رسالة من الرب، فحتى في الجحيم هناك بعض الضوابط». قال ذلك كاهن السجن، وأضاف: «فلينتظروا عرضه على المجلس العرفي. وعندئذ يمكن إعدامه كما ينبغي».

كانوا يتبادلون الحديث في مكتب الإدارة. وكان قائد السجن يشعر بالقلق أيضًا: «لست أدري ما الذي يحدث هناك في القيادة، إنهم عصبيون جدًّا. يقولون إن هذا الدكتور ـ «دا باركا» ـ كان يجب أن يكون ميتًا منذ زمن، مع أول الموتى، منذ بدأت «الحركة». لا يريدونه أن يصل إلى المحكمة. أظن أن لديه جنسية مزدوجة، وقد يؤدي ذلك إلى التسبب في مشكلة».

دنا من نافذة المكتب. في البعيد، بالقرب من برج «هيركوليس»، كان هناك حجَّار ينحت صلبانًا من الصخر. «إنهم يريدون إخراجه من التداول بأي طريقة. وبالمناسبة، لديه خطيبة هي أنثى بكل معنى الكلمة. إنها آية في الجمال، صدقني. الخلاصة. الموتى الذين لا يموتون يكونون مصدر إزعاج».

«هذا الرجل حي»، قال الدكتور «سولانس» بنبرة غريبة في حزمها. «لقد أقسمتُ يمينًا وأنا أنوي التقيد بقسمي. وسلامته هي أمر يخصني في هذه اللحظة».

بقي الدكتور «سولانس» مرابطًا في عيادة السجن طوال أيام العلاج. وكان يقفل الباب من الداخل خلال الليل. وعندما

تمكن الدكتور «دا باركا» من الكلام، وجدا موضوعًا محببًا مشتركًا: «علم الأمراض العام» للدكتور «نوفوا سانتوس».

«وبالمناسبة يا أبتاه»، قال مدير السجن، وقد شجعه حديث البَوح، «ما رأي حضرتك في قضية «دومبودان»، ذاك الذي يدعونه «الطفل»؟».

فقال الأب: «رأي! ولماذا الرأي؟».

«إنه محكوم عليه بالإعدام. ولكننا جميعنا نعرف أنه كان أبله القرية. إنه متخلف عقليًا».

١٠

خير دليل على إظهار الصداقة في السجن هو المساعدة في التَّفلية من القمل. مثلما تفعل الأمهات لأبنائهن.

كان الحصول على الصابون مستحيلًا، وكانت الملابس تُغسل بالماء وحده، وبمقادير شحيحة جدًّا منه. فكان لا بد من الأيدي الصبورة لانتزاع الطفيليات وقمل العانة. أما جنس الحيوانات الثاني الذي يتواجد بكثرة في السجن فهو الجرذان. جرذان متآلفة مع المكان. تجوب خلال الليل حزم الأحلام. أي لعنة تأكل هذه الجرذان؟ فيقول الدكتور «دا باركا»: «الأحلام. إنها تقرض أحلامنا. الجرذان تتغذى من العالم السفلي ومن العالم العلوي على السواء».

وكان هناك في السجن جُدْجُدٌ أيضًا. لقد وجده «دومبودان» في الفناء. صنع له كوخًا صغيرًا من الكرتون، بابه مفتوح دومًا. وكان الجُدْجُد يغني ليلًا ونهارًا على منضدة العيادة.

عندما استعاد الدكتور «دا باركا» عافيته، مَثُل أمام مجلس

عرفي، وحُكم عليه بالإعدام. اعتبروه واحدًا من قادة الجبهة الشعبية، من الائتلاف السياسي «المناهض لإسبانيا»، وداعية لأنظمة الحكم الذاتي في «غاليسيا»، وأنه ذو ميول «انفصالية»، وأحد أدمغة «اللجنة الثورية» التي نظمت المقاومة ضد «التحرك المجيد» عام ١٩٣٦.

وأُطلقت طوال شهورٍ إجراءات مكثفة في مكاتب السلطة الجديدة. فقضية الدكتور «دا باركا» تجاوزت الحدود إلى الخارج، وانطلقت حملة عالمية للمطالبة بالعفو عنه. هذا لا يعني أن الفريق المتمرد على الحكومة الشرعية كان يتحسس من هذا النوع من النداءات، ولكن هذه القضية بالذات كانت تحيط بها ظروف تجعل تنفيذ الحكم مسألة معقدة. فالمتهم يتمتع، بحكم ولادته في كوبا، بجنسية مزدوجة. وقد كانت حكومة تلك البلاد حليفة لـ «فرانكو»، ولكن الصحافة كلها هناك تطالب بالرحمة في عناوينها الكبيرة. بل إن أكثر الآراء محافظة تتعاطف بصيغ مؤثرة مع قصة ذلك الرجل الذي نجا من براثن الموت بعناد إعجازي. وفي جزع الانتظار، وكما لو أن هاتفًا لاسلكيًّا سريًّا يجتاز الأطلسي، كانت المقالات الصحفية تتقصى تفاصيل المحاكمة، مشدِّدة على جسارة الشاب الطيب في مواجهة محكمة من رجال السلاح. والرواية الأكثر تواترًا كانت تقول إنه أنهى خطبته بأبيات شعرية هزت القاعة:

هذه هي إسبانيا! مذهولة
في حالة يرثى لها

تنوء تحت ثقل بهيمي من الرزايا

وكان هناك أيضًا مَن أضاف لمسة تجميلية أخرى إلى المرافعة، ربما بضربة مختلقة، ولكنها صادرة عن طيب نية، جادت بها موهبة كاتب المقال المنمقة، تمثلت في استحضار مناسب لـ«خوسيه مارتي».

والقاسي الذي ينتزع مني
قلبًا به أحيا
لن أزرع له شوكًا ولا قُرّاصًا
بل وردة بيضاء سوف أزرع

«ثم قيل بعد ذلك إنه ألقى بعض الأشعار وقوطع بإشهار السيف في وجهه. ولكنني كنتُ هناك، ولم يجر الأمر على هذا النحو». روى «هيربال» ذلك لـ«ماريا دا فيسيتاساو»، وتابع قائلًا: «الدكتور «دا باركا» لم يُلقِ أي أشعار. كان يقف منتصبًا، وتكلم طوال الوقت بنبرة متمهلة، وكأنه يمسك طيّارة ورقية، وهذا بحد ذاته هو ما أزعج المحكمة التي سمحت له بالكلام، لمجرد الشكليات وهي متلهفة للانتهاء، وإحدى قدمَي أعضائها خارج القاعة كما يقال. طرح في البدء شيئًا له علاقة بالعدالة، وبدا لي ما قاله أشبه بـ«الترامبيتان»[٩]، ولكن

(٩) لغة ابتكرها شخص مثير للفضول يدعى «خوان دي لاكوبا»، من أجل استخدامه الخاص في أعماله المسرحية الطريفة. ويقصد بـ«الترامبيتان»: «لغة غير مفهومة». (المترجم).

ما فُهم منه هو النوايا. ثم تكلم بعد ذلك عن الليمون، وعن «دومبودان». وكان المدعو «دومبودان» فتى ضخمًا، طيبًا كالخبز، ومتخلفًا بعض الشيء، من أولئك الذين نسميهم هناك السُّذج، وقد اعتقلوه مع بعض عمال مناجم «لوسامي» الذين حملوا الديناميت، وذهبوا للدفاع عن «كورونيا». صعد معهم إلى الشاحنة، وسمحوا له بمرافقتهم، لأن «دومبودان» كان يذهب دومًا إلى حيث يذهب عمال المنجم، مثل تميمة تجلب لهم الحظ. وكان ينتظر أن ينفذ فيه حكم الإعدام. لم يكن يفهم حتى أنهم سيقتلونه. الدكتور «دا باركا» لم يقل شيئًا عن نفسه، وأنا أظن أن ذلك هو أكثر ما أثار حفيظة المحكمة. كما أن موعد تناول الطعام كان قد حلّ».

«السادة هيئة المحكمة»، هكذا قال الدكتور «دا باركا»، إذا ما كان بإمكاننا سماعه، «العدالة تنتمي إلى ميدان قُوى الروح. ولهذا يمكنها أن تبرز في أقل الأماكن التي يمكن انتظارها فيها. فعندما نستدعيها، تهرع إلينا أحيانًا وهي معصوبة العينين، ولكنها مرهفة السمع، تأتي من حيث لا نعرف، مثل شيء سابق للقضاة والمتهمين، وحتى للقوانين المكتوبة نفسها». فقال له رئيس المحكمة بصرامة: «ادخل في الموضوع مباشرة، فهذا المكان ليس منتدى فكريًا». «أوافقك الرأي يا سيدي. في عصر الرحلات البحرية الكبرى، كان سبب الوفيات الرئيسي هو الإسقربوط. وكان ضحاياه يزيدون على من يموتون في غرق السفن والمعارك البحرية. ولهذا

أطلقوا عليه اسم «داء البحَّارة». فقد كان يرجع من تلك الرحلات الطويلة عشرون شخصًا أحياء من بين كل مائة. وفي أواسط القرن الثامن عشر، أضاف القبطان «جيمس كوك» برميلًا من عصير الليمون إلى مؤونة السفينة، واكتشف أن...»، «سأسحب منك حق مواصلة الكلام». «إنها وصيتي يا سيدي». «اختصر إذن، فلست أظنك مسنًّا إلى الحد الذي تعيدنا فيه إلى «كريستوف كولومبس»». «كانت تكفي أيها السادة مؤونة ضئيلة من الليمون لتجنب مشقات لم تفرضها أي محكمة. وقد كنتُ أطلب الليمون عبر سبل متعددة، كما كنت أطلب ضمادات ويودًا، لأن العيادة...»، «هل انتهيت من الكلام؟»، «فيما يتعلق بي يا سيدي، وبترك الحياء جانبًا، أرغب في طرحٍ مُلطَّف. لقد انتهزتُ هذه الإجازة غير المتوقعة في سجني، ورحت أدرس وضعي، إلى أن اكتشفت، وليس من دون مفاجأة من جانبي، وجود حالة من الشذوذ النفسي. ففي مسألة الصحة لا يمكن لنا، حتى نحن الأطباء، أن نخدع أنفسنا. يمكن تشخيص حالتي على أنها تخلف ذهني خفيف، ولكنه مزمن، ربما هو ناجم عن عملية ولادة متعسرة، أو عن سوء تغذية في طفولتي. هناك أناس في مثل هذا الوضع، ولكنهم مهملون عاطفيًّا أكثر مني، جرى الخلط بينهم وبين المجانين، وأُدخلوا إلى مستشفى «كونكسو» للأمراض العقلية. أما أنا فقد احتضنني المجتمع، مَنحني الحماية، وكلَّفني بأعمال طفولة أبدية، مثل جلب الماء من النبع أو الخبز من

الفرن، أو تلك الأعمال أيضًا التي تتطلب قوة كالقوة المخبَّأة تحت وداعتي، مثل حمل الحطب من أجل النار، أو الأحجار من أجل بناء سور، أو حتى حمل عجل بين ذراعيَّ. وبالمقابل، وبحكمة ثاقبة، أطلقت عليَّ القرية صفة الساذج بدل المجنون. وتقبَّلني عمال المنجم كصديق لهم. فكانوا يدعونني إلى الحانة، ويأخذونني إلى المهرجانات الشعبية، فأشرب وأرقص معهم وكأنني، أنا نفسي، أكثرهم حماسةً في موقع العمل. وحيثما يذهبون، أذهبُ معهم. ولم يُسموني مجنونًا قطُّ. هذا هو أنا أيها السادة القضاة، إنني ساذج. إنني «دومبودان»، «الطفل».

دوى اسم «دومبودان» مثل مفرقعة في أحشاء القاعة. فنهض رئيس المحكمة مربدًّا، وأمر بإسكات الدكتور «دا باركا» وهو يمد يده إلى سيفه. «كفى تمثيلًا. تُرفع المحاكمة. النظر في الحكم». وكانوا مستعدين بطيب خاطر إلى منحه صلاة جناز هناك بالذات.

١١

في هذه المرة أعطت الحملة العالمية مفعولًا. في اللحظة الأخيرة. واستجابة لطلب حكومة كوبا، استُبدل بحكم إعدام الدكتور «دا باركا» السجن المؤبد.

«أما هو، وبطريقته تلك في السلوك، فقد جعل من نفسه ما يمكن أن نسميه مُسعف السجن»، روى «هيربال» لـ «ماريا دا فيسيتاساو». «كان مثل مداوٍ من أولئك الذين يشفون الثآليل، عن بُعد، بأغنية شعبية. وحتى عندما كانت إحدى قدميه هنا والأخرى هناك، بانتظار تنفيذ حكم الإعدام به، كان ينهمك في رفع معنويات الجميع».

كان المعتقلون السياسيون يديرون أمورهم فيما بينهم كنوع من «الكومونة». فأشخاص لم يتبادلوا الكلام يومًا في الشارع، يكنُّ بعضهم للبعض عداوة حقيقية، مثلما هي حال الفوضويين والشيوعيين، كانوا يتعاونون في السجن. ووصل بهم الأمر إلى أن يُصدروا معًا صحيفة سرية أسموها «بونجالو».

جمهوريون مسنون، بعضهم من دعاة استقلال «غاليسيا»

القدماء من جمعية «كوفا سيلتيكا»[١٠] ومن أخوية «إرمانداد دا فالا»[١١]، صاروا يُبدون مزاج فرسان المائدة المستديرة القدماء، بل إنهم يشاركون كذلك في القُداس، ويقومون مقام مجلس المسنين لحل الخلافات والخصام بين السجناء. كان قد انقضى زمن عمليات التنزيه من دون محاكمة. وكان المُنزهون لا يزالون يمارسون عملهم القذر في الخارج، ولكن العسكريين قرروا أنه لا بد من أن يسود نوع من الانضباط حتى في مراجل الجحيم. وصارت عمليات الإعدام تتم وفق إجراءات قصيرة، في مجالس عرفية سريعة.

وفي تلك الإدارة الموازية، راح السجناء يُحسِّنون الحياة داخل السجن ضمن ما هو ممكن. بدأوا بمبادرة منهم، بإجراءات نظافة وتوزيع أغذية. وعلى الرغم من وجود جدول توقيت رسمي، إلا أنه كانت هناك روزنامة غير مكتوبة هي التي تحكم فعلًا الروتين اليومي. فالمهمات توزع بتنظيم وفعالية، تجعل كثيرين من السجناء العاديين يأتون إليهم طالبين المساعدة. كانت هناك وراء القضبان حكومة ظل، وهي تسمية لم تكن أدق تعبيرًا في أي مقام آخر على الإطلاق، وبرلمان

---

(١٠) جمعية أدبية كانت تضم الإقليميين في «كورونيا»، في أواخر القرن التاسع عشر، وهي التي صاغت فكرة إرجاع «غاليسيا» إلى أصول سلتية. (المترجم).

(١١) جمعية تأسست عام ١٩١٦ بهدف تنشيط اللغة الغاليسية، وكان نشاطها حاسمًا في تطوير النزعة الغاليسية فيما بعد. (المترجم).

جامع، وبعض قضاة الصلح. وكانت هناك كذلك مدرسة للإنسانيات، وكشك للتبغ، وصندوق مشترك للتعاون المتبادل، ومستشفى.

وكان مستشفى السجناء هو الدكتور «دا باركا».

«لقد كان هناك في العيادة بعض العاملين الآخرين»، روى «هيربال» لـ «ماريا دا فيسيتاساو»، «ولكن «دا باركا» هو من كان يتحمل مسؤولية كل شيء. بل إن الطبيب الرسمي، الدكتور «سولانس»، كان يتبع تعليماته عندما يأتي للزيارة، وكأنه مساعد مؤقت له. وكان «سولانس» هذا يكاد لا يفتح فمه. جميعنا كنا نعرف أنه يتعاطى بعض العقاقير المخدرة. وكان يبدو واضحًا أن السجن يثير اشمئزازه، مع أنه يعيش خارجه. فهو يبدو على الدوام غائبًا عن الوعي، ذاهلًا حيال المكان الذي كان من نصيبه الوقوع فيه، بروبه الأبيض، في هذا العالم. ولكن الدكتور «دا باركا» كان يعرف جميع السجناء بأسمائهم، ويعرف تاريخهم، سواء أكانوا من السجناء السياسيين أم العاديين، من دون حاجة إلى أرشيف. لست أدري كيف كان يفعل ذلك. لقد كان رأسه أسرع من التقويم.

في أحد الأيام ظهر في العيادة مبعوث من التفتيش الطبي العسكري. وأمر بإجراء عيادة في حضوره. كان الدكتور «سولانس» عصبيًا، يشعر كما لو أنه مُرَاقَب. فاتخذ الدكتور «دا باركا» مكانًا في الظل، طالبًا منه النصح حينًا، ومقدمًا إليه المبادرة في حين آخر. وفجأة، حين انحنى المفتش ليجلس،

قام بحركة غريبة فسقط مسدس من قِراب تحت إبطه. وكنا نحن موجودين هناك، لحراسة سجين يعتبر خطيرًا، هو «جنكيز خان»، كان من قبل ملاكمًا ومصارعًا، ولأنه يعاني شيئًا من الخلل في رأسه، فقد كانت تنتابه نوبات نزَق. وقد سُجن لأنه قتل رجلًا من دون قصد. كان يريد إخافته فقط. حدث ذلك في أثناء عرض مصارعة حرة. فمنذ بدأت المباراة بين «جنكيز خان» ومصارع آخر يدعى «ثور لالين»، كان ذلك الرجل الصغير الذي يجلس في الصف الأول، يصرخ طوال الوقت، بأن هناك غشًّا في اللعب. «غش، غش!». وكان «جنكيز خان» ينزف من أنفه، وقد كانت لديه هذه المهارة، مهارة جعل الدم ينزف من أنفه، ومع ذلك فإن ذلك السمج لم يهدأ، وبدا كما لو أن مهابة الجرح قد أكدت شكوكه بأن المعركة مزورة. وعندئذ انتابت «جنكيز خان» إحدى نوباته. فرفع «ثور لالين» عاليًا في الهواء، وهو كيس بشري يزن ١٣٠ كيلو، وألقى به بكل قوته على الرجل الضئيل الذي كان يصرخ «غش»، والذي لن يشعر بعد ذلك قطُّ بأنه قد خُدع.

وما جرى هو أننا جميعنا في العيادة، نظرنا إلى ذلك المسدس كما لو أنه جرذ ميت. فقال الدكتور «دا باركا» بهدوء: «لقد سقط قلبك على الأرض يا زميل». فأصاب الذهول الجميع، بمن فيهم ذلك الضخم «جنكيز خان» الذي أخذناه إلى العيادة مقيدًا. بعد ذلك أطلق قهقهة مدوية وقال: «أجل يا سيدي، إن الدكتور رجلٌ بثلاث خصيات!». ومنذ

ذلك الحين صار مخلصًا في الولاء للدكتور «دا باركا»، إلى حدٍّ أنه صار في ساعات الخروج إلى الفناء يمشي دومًا بجانبه، وكأنه يحمي ظهره، ويرافقه إلى دروس اللغة اللاتينية التي يعطيها العجوز «كاريه»، عضو أخوية «إرماندادا دا فالا». وبدأ «جنكيز خان» باستخدام تعابير مضحكة جدًّا. فكان يقول عن أي أمر إنه ليس «باتاكا مينوتا»[١٢]، ويقول كذلك عندما تتعقد الأمور، إننا نمضي «كاسبا كايدا»[١٣]. ومنذ ذلك الحين عُرف «جنكيز خان» بلقب «البطاطا الصغيرة». كان طوله مترين، على الرغم من تقوس ظهره بعض الشيء، وهو ينتعل جزمة مفتوحة من الأمام، تطل منها أصابعه، مثل جذور شجرة سنديان».

نظم السجناء فرقة أوركسترا كذلك في السجن. كان بينهم عدة موسيقيين... موسيقيون جيدون، الأفضل في «لاس مارينياس» التي كانت خلال الجمهورية منطقة حفلات رقص كثيرة. وكان معظمهم من الفوضويين، يحبون أغنيات «البوليرو» الرومانسية، المضمخة بومضات برق مضيئة. لم تكن هناك في السجن آلات موسيقية، ولكنهم كانوا يعزفون

---

(١٢) نطق خطأ للعبارة اللاتينية «بيكاتا مينوتا» (خطيئة صغيرة)، فهو يحرف كلمة خطيئة اللاتينية ويقول «باتاكا» التي تعني «بطاطا» بالغاليسية. (المترجم).

(١٣) يقول المثل «آندا دي كابا كايدا»: «يمضي بعباءة متهدلة» للإشارة إلى سوء الأمور. أما «كاسبا» فتعني: «قشرة الشعر». (المترجم).

بالهواء والأيدي. الترومبون، الساكسو، الترومبيت. كل واحد منهم يشكل آلته في الهواء. وكان العزف حقيقيًّا. فأحدهم، ويدعى «بارباريتو»، كان قادرًا على عزف أنغام جاز بمبولة. وقد تجادلوا حول تسميتها بأوركسترا «ريتز» أو أوركسترا «بالاس»، ولكن تسمية «خمس نجوم» فرضت نفسها أخيرًا. وكان المغني فيها هو «بيبي سانتشث». لقد اعتقلوه مع عشرات الهاربين الآخرين في عنابر سفينة صيد كانت توشك على الخروج إلى فرنسا. كان «سانتشث» يملك موهبة الصوت، وعندما يغني في الفناء، ينظر السجناء نحو خط المدينة المقطوع في الأعلى، لأن السجن كان في منخفض ما بين الفنار والمدينة، وكأنه يقول لستم تعرفون ما تخسرونه. في تلك اللحظة يكون أي واحد منهم مستعدًّا لأن يدفع أي شيء مقابل أن يكون هناك، في مرقب الحراسة، وكان «هيربال» يترك البندقية، ويستند إلى الوسادة الحجرية، ويغمض عينيه مثل حاجب في مسرح أوبرا.

كانت هناك أسطورة تحيط بـ«بيبي سانتشث». ففي عشية انتخابات ١٩٣٦، عندما بدأ يُلمح انتصار اليسار، تزايد في «غاليسيا» ما يسمى الحملات التبشيرية. وهي مواعظ في الهواء الطلق، موجهة بصورة خاصة إلى النساء الفلّاحات، حيث كان الرجعيون يحصدون أصواتًا أكثر. وكانت الخطب والمواعظ الدينية قيامية. يتنبأون فيها بجائحات رهيبة. فالرجال والنساء سيمارسون الجنس مع البهائم. وسيفصل

الثوريون الأبناء عن أمهاتهم ما إن يخرجوا من بطونهن، لكي يربوهم على الإلحاد. وسيستولون على الأبقار من دون أن يدفعوا قرشًا واحدًا. وسيحملون في المواكب تماثيل «لينين» أو «باكونين»، بدلًا من مريم العذراء أو المسيح المقدس. دعي في أبرشية «ثيلاس» إلى واحد من تلك الاجتماعات، وقررت جماعة من الفوضويين تفريق الاجتماع. أُجريت قرعة، وأصابت «بيبي سانتشث». وكانت الخطة كما يلي: عليه أن يذهب على حمار، مرتديًا مسوح كاهن دومينيكاني، وأن يقتحم المكان، ويتصرف كمجنون وسط الخطبة. كان «سانتشث» يعرف ما يمكن أن تُقدم عليه حشود مخدوعة. وفي يوم الواقعة، غيَّب نفسه عن الوعي بربعٍ من الخمر. وعندما وصل إلى المكان على متن الجحش، وهو يصرخ: «يحيا يسوع الملك، وليسقط «مانويل أثانيا»[١٤]!»، وهتافات من هذا القبيل، لم يكن الرهبان الواعظون قد ظهروا بعد، إذ إنهم تأخروا لسبب غير معروف. وهكذا ظنه الحشد راهبًا حقيقيًا، ودفعه نحو المنبر المرتجل، من دون أن يكون هو نفسه راغبًا في ذلك. وعندئذ لم يجد «بيبي سانتشث» مفرًا من التكلم. فقال إنه ليس هناك في العالم من هو نزيه بما يكفي، ليحكم غيره ويسيطر عليه من دون رضاه. وإن العلاقة بين الرجل والمرأة يجب أن تكون حرة، من دون أي خاتم أو محبس

(١٤) ترَأس الجمهورية خلال الحرب الأهلية الإسبانية. (المترجم).

سوى الحب المتبادل والشعور بالمسؤولية. وإن. وإن. وإن من يسرق لصًّا يُحكم بمائة سنة عفو(١٥)، وبئس النعجة التي تثق بالذئب. كان رجلًا جميلًا. وكانت الريح تهز مسوحه، وتمنحه خصلات شعره الرومانسية هيئة نبي. وبعد بعض الدمدمات الأولية، ساد الصمت، وراح قسم كبير من الحاضرين، وبخاصة الفتيات، يعربون عن تأييدهم له، وينظرون إليه بورع. وعندئذ أطلق «بيبي» لنفسه العنان، كما لو أنه على منصة مهرجان شعبي، وغنى أغنية «البوليرو» تلك التي تروقه كثيرًا:

على جذع شجرة
نقشت طفلة اسمها مزهوة
فاهتزت الشجرة من أعماقها
وأسقطت زهرة على الطفلة

كانت تلك المهمة نجاحًا باهرًا.

وقد أعدموا «بيبي سانتشث»، في فجر يوم ماطر من خريف عام ١٩٣٨. عشية إعدامه اختفت الكلمات من السجن. ما بقي منها كان بقايا زعيق نوارس. أنَّة اللسان في حلق المزلاج. حشرجة البالوعات. وعندئذ أخذ «بيبي» يغني. غنى طوال الليل، يرافقه موسيقيو أوركسترا «الخمس نجوم» من

---

(١٥) مثل شائع، وهو أشبه بالقول العربي: «سرقة الحرامي حلال». (المترجم).

زنازينهم، بآلاتهم الهوائية المتخيلة. وعندما اقتادوه، والكاهن في المؤخرة يدمدم بصلاة، كان لديه ما يكفي من حس الدعابة، ليصرخ في الممر: «إننا ذاهبون لاقتحام السماء! وأنا يمكنني أن أمرَّ براحة من ثقب الإبرة!». ذلك أنه كان نحيلًا مثل عود صفصاف.

«لا، في ذلك اليوم لم يكن هناك متطوعون للانضمام إلى فصيلة الإعدام»، قال «هيربال» لـ«ماريا دا فيسيتاساو».

١٢

انتصر الدكتور «دا باركا» على الموت مرتين. وبدا في مرتين أخريين كما لو أن الموت قد هزمه وأزاحه جانبًا وطرحه على فراش الزنزانة البائس.

حدث له ذلك بسبب إعدام «دومبودان» و«بيبي سانتشث».

«لقد كان يتمتع بالحماسة على الدوام، ولكنه انهار في مناسبتين اثنتين»، روى «هيربال» لـ«ماريا دا فيسيتاساو». «وكان ذلك عند موت «الطفل» و«المغني». وقد بقي آنذاك عدة أيام على الفراش، في غفوة طويلة، كما لو أنه قد أدخل برميلًا من «الفاليريانا» المخدرة في جسده».

في المرة الأخيرة، بقي «جنكيز خان» إلى جانبه، يحرسه. وعندما استيقظ قال له: «ما الذي تفعله هنا أيها «البطاطا الصغير»؟».

«أفلِّيك من القمل يا دكتور. وأُبعد عنك الجرذان».

«وهل نمتُ إلى هذا الحد؟».

«ثلاثة أيام وثلاث ليالٍ».

«شكرًا يا «جنكيز». سوف أدعوك لتناول الطعام».

وقال «هيربال» وهو يروي لـ«ماريا دا فيسيتاساو»: «لقد كانت لديه قدرة الاستحواذ على الآخرين بالنظر».

في موعد الغداء، في قاعة الطعام، جلس الدكتور «دا باركا» و«جنكيز خان» وجهًا لوجه، وكان كل السجناء شهودًا مذهولين على تلك المأدبة.

«ستتناول أولًا كوكتيل محار بحري. وجرادة بحر مع صلصة وردية، فوق لبِّ خَسَّة من وادي «بارثيا»».

«وماذا عن الشراب؟»، سأله «جنكيز خان» مازحًا ومن دون إيمان.

فقال الدكتور «دا باركا» بجدية: «للشراب، نبيذ أبيض من «روسال»».

كان يحدق فيه، مثبتًا إياه في كوة عينيه، وكان ثمة ما يحدث، لأن «جنكيز خان» توقف عن الضحك، تردد لحظة، كما لو أنه يقف في مكان مرتفع وأصيب بدوار، ثم بقي فاغر الفم بانبهار. نهض الدكتور «دا باركا»، ودار حول المنضدة، وأغلق جفون «جنكيز خان» برقة، وكأنها ستائر من نسيج مخرم.

«هل الكوكتيل لذيذ؟».

هز «جنكيز خان» رأسه، وفمه مملوء.

«والنبيذ؟».

«تما... تمام»، تلعثم متلذذًا.

«كلْ ببطء إذن».

٨٥

بعد ذلك، عندما قدم له الدكتور «دا باركا»، في الطبق الثاني، شريحة عجل مع بوريه التفاح، مضمخة بنبيذ أحمر من «آماندي»، راح لون «جنكيز خان» يتغير. فصار ذلك المارد الشاحب والنحيل يتألق بالحمرة، مثل رئيس دير شَرِه. كانت تبتسم فيه وفرة فلاحية ورسولية، وانتقلت عدوى ذلك الانتقام العذب من الزمن إلى كل الحاضرين. ساد في قاعة الطعام تلك صمت لسان في الحلق، وعينا خرافة، أسكت حركة الملاعق في الشوربة، وهي حساء لا يمكن قراءته، يطلقون عليه تسمية ماء غسيل اللحم.

«والآن يا «جنكيز»»، قال الدكتور «دا باركا» بوقار، «الحلوى الموعودة».

فصاح أحدهم بتلقائية ولهفة لا يمكن كبحها:

«حلوى السماء!».

«حلوى الرقائق!».

«كعكة «سنتياجو»!».

وجابت قاعة الطعام القاتمة سحابة من مسحوق السكر. وخرجت الكريمة متدفقة مع تيار الأبواب البارد. وسال العسل على الجدران المقشرة.

طلب الدكتور الصمت بحركة من يديه.

«الكستناء يا «جنكيز»!»، قال أخيرًا. وتلت ذلك دمدمة اضطراب، لأن حلوى الكستناء هي من حلويات الفقراء.

«انظر يا «جنكيز»، كستناء من «كاوريل»، من بلاد

الغابات، مسلوقة مع اليانسون. أنت الآن طفل صغير يا «جنكيز»، كلاب الريح تنبح، الليل يترنح في القنديل، والكبار يمشون منحني الظهور تحت وطأة الشتاء. ولكن، تظهر أمك يا «جنكيز»، وتضع في وسط المنضدة طشت الكستناء المسلوقة، الصغار ملتفون بخِرَق دافئة، هبَّة ريح حيوانية تلين العظام. إنه بخور الأرض يا «جنكيز»، أنت تراه؟».

«إنني أراه بالطبع». لقد تغلغل بخار الفتنة في حواسِّه مثل لبلاب، وخزه في عينيه وجعله يبكي.

«والآن يا «جنكيز»»، قال الدكتور«دا باركا» مبدلًا نبرة صوته كأنه ممثل، «هلم بنا لنغمر حبات الكستناء بكريما الشوكولاتة. على الطريقة الفرنسية، أجل يا سيدي».

ووافق الجميع على هذه اللمسة الفاخرة.

في التقرير عن أحداث المطعم، قرأ مدير السجن: «رفض السجناء تناول طعام اليوم، من دون أن يُظهروا أي اعتراض، ومن دون أن يبينوا سبب تصرفهم هذا. وقد جرى انسحابهم من المطعم من دون أي أحداث تستحق الذكر».

«ألا يبدو في وجهه أن صحته أفضل؟»، قال الدكتور «دا باركا». «صحيح ما يقوله المثل من أنه يمكن العيش على الوهم أيضًا. فالوهم هو الذي جعل «الجلوكوز» يرتفع لديه».

خرج «جنكيز خان» من حالة التنويم، مستيقظًا بتجشئه المتلذذ.

١٣

في بعض الأحيان، كان الرسَّام المرحوم يترجل عن أذن «هيربال» ويغادر رأسه، ويتأخر في الرجوع. «إنه يمضي متجولًا، للبحث عن ابنه»، كان الحارس «هيربال» يفكر، بشيء من الحنين، لأن الرسَّام يوفر له، في نهاية المطاف، متعة المحادثة في ساعات حراسته، في ليالي المناوبة. ويعلِّمه بعض الأشياء. فقد علَّمه مثلًا أن أصعب ما يمكن رسمه هو الثلج. وكذلك البحر، والحقول. السطوح الفسيحة التي تبدو أحادية اللون. وقد قال له الرسَّام إن الإسكيمو يميزون أربعين نوعًا من البياض. ولهذا فإن أفضل من يرسمون البحر والحقول والثلج هم الأطفال. لأنه يمكن للثلج أن يكون أخضر، وللحقل أن يبيضَّ مثل شيب فلاح عجوز.

«وهل رسمت أنت الثلج يومًا؟».

«أجل، ولكن من أجل المسرح. لديكور مشهد عن رجال ذئاب. إذا ما وضعت ذئبًا في الوسط، فكل شيء سيصبح أسهل. ذئب أسود، مثل جمرة متوقدة من بعيد، ومثل شجرة

زان عارية مرسومة في سهب مقفر. لقد قال أحدهم: «ثلج»، وكفى. يا لَروعة المسرح!».

«يبدو لي غريبًا هذا الذي تقوله»، قال الحارس وهو يحك لحيته الخفيفة بطرف مِهداف البندقية.

«لماذا؟».

«كنت أظن أن الصور بالنسبة إليك كرسَّام هي أهم من الكلمات».

«المهم هو الرؤية، هذا هو المهم». ثم أضاف الرسَّام: «وعمليًّا، يقال إن «هوميروس»، الكاتب الأول، كان أعمى».

فعلق الحارس بشيء من التهكم: «هذا يعني أنه كان يملك رؤية جيدة».

«أجل، بالضبط. هذا ما يعنيه».

صمت كلاهما، مشدودين إلى آلية الخدعة البصرية في الغسق. كانت الشمس تسيل وراء جبل «سان بيدرو»، متوجهة نحو مرفأ منفى. وفي الجهة الأخرى من الخليج، كانت لوحات الفنار الضوئية المائية تجعل أهزوجة البحر أشد زخمًا.

«قبل وقت قصير من موتي»، قال الرسَّام، وقال ذلك كما لو أن موته كان حدثًا غريبًا عنهما ولا علاقة لكليهما به، «رسمتُ هذه الصورة نفسها التي نراها. وكانت من أجل ديكور مسرحية «نشيد بحري» لـ«كارلوس روادا»، في مسرح «روساليا دي كاسترو»».

فقال الحارس بمجاملة صادقة: «أتمنى لو أنني رأيتها».

«لم تكن شيئًا استثنائيًّا. ما يوحي به البحر هو الفنار، برج «هيركوليس». وكان البحر ظلامًا. لم أشأ رسمه. كنت أريد له أن يُسمع، مثل ترتيلة. رسمه مستحيل. فالرسَّام الحقيقي، مهما أراد أن يكون واقعيًّا، يعرف أنه لا يمكن نقل البحر إلى لوحة. كان هناك رسَّام، رسَّام إنجليزي، يدعى «تورنير»، فعل ذلك جيدًا. أكثر صور البحر الموجودة تأثيرًا هي غرق سفينة نخَّاسين. ففيها يُسمع البحر. إنه صرخة العبيد، عبيد ربما لم يعرفوا من البحر سوى اهتزاز السفينة وهم في العنابر. أنا أحب رسم البحر من الداخل، ولكن ليس كغريق، وإنما بجهاز غوص. النزول مع لوحة، ورياش وكل شيء، مثلما فعل رسَّام ياباني كما يقال».

ثم أضاف بابتسامة حنين: «لديَّ صديق ربما كان سيفعل ذلك. لو لم يغرق قبل ذلك في النبيذ. اسمه «لوجريس»».

كانت ساعة الغسق، لسبب ما، هي الساعة المفضلة التي يزور فيها الرسَّام رأس الحارس «هيربال». كان يستقر مفرشخًا على أذنه برقة وثبات، مثل قلم النجَّار.

عندما يشعر بالقلم، عندما يتكلمان عن هذه الأمور، عن ألوان الثلج، عن منجل الريشة في صمت المروج الأخضر، عن الرسَّام تحت المائي، عن مصباح قطار يشق الطريق في ضباب الليل، أو عن تألق الحشرات المضيئة، يلاحظ الحارس «هيربال» أن اختناقاته تتلاشى كما في صلاة شفاء، وفوران رئتيه يخفت مثل كير مبلل، وتختفي هذيانات عرقه

البارد التي تتابع الطلقة في الصدغ. ويشعر الحارس «هيربال» عندئذ بأنه على ما يرام: مجرد رجل منسي في مرقب الحراسة. ويتمكن أخيرًا من ضبط إيقاع قلبه مع إزميل الحجَّار. ينبض بروتين خدمة دنيا. ويكون تفكيره جهاز عرض مضيء في «سينماتوجراف». مثلما كانت نظرته، وهو طفل راعٍ، تلاحق عصفورًا ينقر حافة الزمن في خط اللحاء، أو يثبت قشة على حافة ساعة الدوامة المشؤومة في الينبوع.

«انظر، الغسَّالات يرسمن الجبل»، قال المرحوم الآن.

وكانت هناك غسَّالتان، تنشران الملابس على الشجيرات المحيطة بالفنار، بين الصخور، لتزداد نصاعة. حصتهما اليومية من الملابس التي يغسلن أشبه ببطن ساحر محشو بخِرَقٍ. تُخرجان منه قطعًا غير نهائية، ذات ألوان تجدد ألوان الجبل. الأيدي الوردية والمتورمة تتابع ما تمليه عينا الحارس اللتان يقودهما بدورهما الرسَّام: «أيدي الغسَّالات وردية لأن كثرة الفرك والدلك على حجر الماء تنزع شيئًا فشيئًا السنوات عن جلودها. أيديهن هي أيديهن عندما كنَّ طفلات، وبدأن يصبحن غسَّالات».

«أذرعهن»، أضاف الرسَّام، «هي أذرع رياش الرسم. لها لون خشب أشجار جار الماء، لأنهن يتشكلن أيضًا إلى جوار النهر. عندما يعصرن الثياب المبللة، تتوتر أذرع الغسَّالات مثل جذور الضفة. الجبل مثل لوحة. أمعن النظر. إنهن يرسمن فوق شجيرات الجَولَق والعُلَّيق. الأشواك هي أفضل

ملاقط للغسَّالات. ها هي هناك. لطخة طويلة من ملاءة بيضاء. وضربتان من جرابين أحمرين. والرعشة الخفيفة لألبسة داخلية. كل قطعة من الملابس، منشورة لتجف، تروي قصة.

أيدي الغسَّالات بلا أظفار تقريبًا. وهذا أيضًا يروي قصة، مثلما ترويها لو كانت لِنظرنا قدرة الصورة الشعاعية، الفقرات العلوية من أعمدتهن الفقرية المشوهة من ثقل حصصهن اليومية التي حملنها على رؤوسهن طوال سنوات وسنوات. هن يقلن إن السمندلات هي التي ذهبت بأظفارهن. ولكن هذا التفسير بدوره هو تفسير سحري. فأظفارهن أكلتها أحماض الصودا».

عندما يغيب الرسَّام المرحوم، يسعى الرجل الحديدي جاهدًا لاحتلال رأس الحارس. والرجل الحديدي لا يحضر في وقت الغسق الكئيب، ولا يقبع مثل قلم نجَّارٍ على صهوة أذن الحارس، وإنما يأتي في أول ساعات الصباح، في المرآة، عند حلاقة الذقن. لقد كانت استيقاظات «هيربال» وخيمة. فهو يُمضي الليل شاعرًا باختناقات في صدره، مثل من يصعد ويهبط جبالًا وهو يسوق بغلًا محملًا بجثث. ولهذا يجده الرجل الحديدي مهيأً للاستماع لنصائح هي أوامر. عليه أن يتعلم كيف يوجه نظرته بثبات ويفرض سلطته بها، ومن أجل ذلك عليه أن يضغط على أسنانه. وأن يتكلم بأقل ما يمكن. فالكلمات، مهما كانت مُلحة أو مبتذلة، تشكل على

الدوام بوابة مفتوحة للهواة، ويتشبث بها أكثرهم ضعفًا، مثلما يتشبث غريق بصاري السفينة. فالصمت، مرفقًا بإيماءات حازمة، عسكرية، له تأثير مثير للرهبة. «العلاقات بين البشر، لا تنس ذلك، تستند دومًا إلى مفردات السلطة. مثلما هي الحال بين الذئاب، التواصل الاستطلاعي يتحول إلى نظام جديد للأشياء: إما سيطرة وإما خضوع. وأحكم زر ياقة السترة أيها الجندي! فأنت منتصر. وليعلموا ذلك».

كانت هناك دراجة معلقة على الجدار، في الغرفة التي وفرتها له أخته، وهي دراجة لا يستخدمها أحد، كاوتشوك عجلتيها نظيف جدًّا إلى حد يبدو معه وكأنه لم يلمس الأرض، وواقيتا العجلتين الصفيحيتين تلمعان، مثل صفيحتَي فضة. قبل أن ينصرف إلى النوم، كان يجلس على السرير قُبالة الدراجة. لقد حلم في طفولته بشيء كهذا. أو لا. ربما كان حلمًا حلمَ بأنه حلم به. وفجأة، أحس بأنه قد خُدع. فكل ما يتذكر أنه حلم به، الحلم الذي يطغى على كل الأحلام، هو تلك الطفلة، الصبية، المرأة المدعوَّة «ماريسا ماللو». كانت هناك، على الجدار، مثل عذراء طاهرة على المذبح.

عندما كان يرعى الماشية، اعتاد أن يهرب إلى حيث عمه الصياد. ولكن، كان له عم آخر. متوحد. العم «نان»، العم النجّار.

لدى رجوعه بالأبقار، كان يتوقف في ورشة العم «نان»، وهي عنبر يطل على الطريق، من ألواح خشبية مزينة برسم

سمكة، مثل مركب متوقف عند مدخل الضيعة. كان «نان» بالنسبة إلى «هيربال» كائنًا غريبًا. كانت هناك في البستان شجرة تفاح مغطاة بطُحْلُب أبيض، وهي المفضلة للشحارير. وهكذا كان، بين أفراد أسرته، ذلك العم النجَّار. في تلك الضيعة، كانت الشيخوخة تترصد. تكشر لك فجأة عن أسنانها، في ركن مظلم، ترمل النساء في زمن ضبابي، تبدل الأصوات بجرعة خمر، وتجعد الجلد على عتبة شتاء. والشيخوخة لم تتجاوز «نان». انقضَّت عليه، كَسَته بالشيب، وبشعر أبيض، يتماوج على صدره، ويغطي ذراعيه مثلما يغطي الطُّحْلُب فروع شجرة التفاح، ولكن البشرة تميل إلى صفرة صقيلة، مثل لب صنوبر البلاد، والأسنان تلمع بَرَّاقة بطيب المزاج. وكان يمضي على الدوام، فوق ذلك، بتلك الزينة الحمراء على أذنه. قلم النجّار. لم يكن هناك برد قط في ورشة «نان». فالأرضية فراش طري من فُتات الخشب. رائحة النشارة تقتل الرطوبة. «من أين أنت آتٍ؟»، يسأله وهو يعرف ذلك. «صبي مثلك يجب أن يكون في المدرسة». ثم يدمدم بإيماءة استياء: «إنهم يقطعون الخشب قبل أوانه. تعالَ هنا يا «هيربال». أغمض عينيك. والآن أخبرني، من الرائحة وحدها، مثلما علمتك، أيها خشب الكستناء وأيها خشب البتولا؟». يتشمم الطفل مقربًا أنفه حتى يلمس بطرفه قِطَع الخشب. «هذا لا ينفع. من دون لمس. عليك أن تميز من الرائحة وحدها».

«هذا هو الحور»، يقول أخيرًا «هيربال».

«أكيد؟».

«أكيد».

«ولماذا؟».

«لأن له رائحة امرأة».

«أحسنت يا «هيربال»».

ويقترب هو نفسه من قطعة الحور، ويشم بعمق، مغمضًا عينيه. رائحة أنثى مستحمة في النهر.

ينزع «هيربال» الدراجة عن الجدار. المقود وواقيتا العجلتين تلمع مثل الفضة. تحت السرير، يقبع صندوق عدَّة «نان»، يربطه على المقعد الخلفي. يُعدُّ القهوة في الإناء، يغليها، مثلما كان يعدُّها «نان». الفجر يبزغ، وينطلق على الدراجة عبر الدرب الذي يمضي موازيًا للنهر، محاطًا بأشجار حور. تقترب في مواجهته هيئة غريبة. ترتدي عباءة، وتضع مساحيق كثيرة، تبدو معها قناعًا. تومئ له كي يتوقف. يحاول «هيربال» أن يواصل قيادة الدراجة بقوة أكبر، ولكن السلسلة تفلت من التُّرس الصغير.

«مرحبًا يا عزيزي «هيربال». أنا «موت». أتعرف أين ذهب الشاب عازف الأكورديون والعاهرة «حياة»؟».

ولكن «هيربال» الذي يبحث عن سلاح، عن شيء يدافع به عن نفسه، يلجأ عندئذ إلى القلم الذي على أذنه. فيتطاول القلم مثل رمح أحمر. رأس رصاص القلم يتلألأ مثل معدن

مصقول. تفتح «موت» عينيها بذعر. تختفي. ولا تبقى سوى لطخة مازوت في بركة الطريق. يصلح «هيربال» الدراجة، ويقودها وهو يصفر بسعادة لحن «باسو دوبلي»، بينما قلمه الأحمر على أذنه. يصل إلى ضيعة «ماريسا ماللو»، ويُحَيي مغنِّيًا وهو ينظر إلى السماء. «يوم جميل!». «رائع»، توافق هي. ويقول وهو يفرك يديه: «حسن، ما الذي تريدينني أن أصنعه اليوم؟». «معجَنًا يا «هيربال». صندوقًا للخبز».

«سأصنعه لك من خشب الجوز يا سيدتي. وبقوائم محفورة. ونقش صغير على القفل».

«وخزانة للخزف يا «هيربال». هل ستصنع لي أيضًا خزانة الخزف؟».

«مع قوائم مزخرفة بأشكال حلزونية».

استيقظَ على أوامر الرجل الحديدي. كان قد غفا على السرير، من دون أن يخلع ملابسه. ووصلته من المطبخ كذلك تأوهات أخته المذعنة. تذكر ما كان قد قاله له الرقيب «لانديسا»: «وجه إلى زوج أختك ركلة، هدية مني». ودمدم: «هذا يكفي يا ابن . . .».

«هل سمعتِ؟ أريد العشاء ساخنًا على المائدة. مهما تكن الساعة التي أحضر فيها!».

كانت أخته بقميص النوم، مشعثة الشعر، تحمل طبق حساء في يدها. بدا أن حضور «هيربال» يزيد من فزعها، فقد أراقت بعض ما في الطبق. وكان الآخر يرتدي الزي الرسمي.

القميص الأزرق. الأحزمة. المسدس في قِرابه تحت الإبط. نظر إليه مواجهة. العينان مثلومتان. إنه مخمور. توعد ابتسامة مستهترة. ثم مر بممسحة لسانه على أسنانه.

«هل أنت مؤرق يا «هيربال»؟».

أخرجَ المسدس ووضعه فوق الطاولة. وإلى جانب أدوات الطعام وقطعة الخبز، بدا مسدس الـ«ستار» مثل أداة عبثية، مهجورة. ملأ «زالو بوجا» كأسين من النبيذ.

«تعالَ، اجلس. اشرب كأسًا مع صهرك. وأنتِ»، توجه إلى المرأة، «خبئي هذا الذي في الكيس هناك».

توجه إلى «هيربال» بغمزة من عينه، وبدأ برشف الحساء من الطبق مباشرة. لقد كان هكذا دومًا. ينتقل من تبجح عدواني إلى رفاقية مخمورة. وكانت «بياتريث» تخفي آثار سوء معاملته لها. ولكنها أحيانًا، عندما يكونان وحدهما، تنهار باكية بين ذراعَي أخيها. الآن، وبعد أن فتحت الكيس الذي جاء به زوجها، رأى «هيربال» أنها وقفت مشدوهة، متجمدة، كمن أصيبت بدُوار.

«ما رأيكِ؟ صيد جيد! هيا، أخرجيه».

«أُفضل أن أتركه إلى الغد».

«هيا يا امرأة! إنه لا يعض. أخرجيه لكي يراه أخوكِ».

تغلبت هي على القرف، وأدخلت يديها أخيرًا، وأخرجت رأس خنزير. عرضته، وهي تبعده عنها، موجهة إياه نحو الرجلين. مسحوق ملح في فراغ العينين الزائغتين.

٩٧

«يا لَلحيوان المسكين!».

وضحك صهر «هيربال» من ظُرفه ذاك. «إنه كامل حتى الذيل وكل شيء!». ثم أضاف: «تلك المرأة اللعينة لم تشأ إفلاته. قالت إنها قدمت أحد أبنائها لـ «فرانكو». ها، ها، ها».

لقد سمن «زالو بوجا» كثيرًا خلال الحرب. فقد عمل في التموين. وكان ممن يخرجون لمصادرة المؤن من القرى. وهو يحتفظ لنفسه دومًا بجزء من الغنيمة. «لم تشأ تلك المرأة أن تفلته»، كرر بنبرة دنيئة. «كانت تتشبث بقوائمه وكأنه أثر مقدس. فاضطررتُ إلى دفعها جانبًا».

عندما سحبت «بياتريث» الكيس نحو حجرة المؤونة، أخرج سيجارتَين من جيب قميصه وقدم واحدة منهما إلى «هيربال». تلاقت أول سحابتَي دخان، وصعدتا بمشقة متداخلتين نحو المصباح. كان «زالو بوجا» ينظر إليه بثبات من شقَّي عينيه.

«كنتَ تريد قتلي، أليس كذلك؟ ولكنك لا تملك الجرأة».

وأطلق قهقهة أخرى.

١٤

بين السجن وأول بيوت المدينة، هناك بعض الصخور المرتفعة. أحيانًا، خلال ساعات الفسحة في الفناء، تظهر نساء في الأعلى، يبدون كأنهن تماثيل منحوتة، لولا هواء البحر الذي يهز تنانيرهن وشعورهن. في الزاوية المشمسة من الفناء، يشكِّل بعض الرجال منظارًا بأيديهم، وينظرون باتجاههن. لا يقومون بأي إيماءة. وبين حين وآخر فقط، يحركن هنَّ أذرعهن ببطء، مثلما في شيفرة الأعلام التي تشتد حركتها لدى التعرف إليها.

من المحرس، في إحدى زوايا سور السجن، وبقلم النجّار على أذنه، كان «هيربال» يصغي لما يقوله له الرسَّام.

كان يقول له إن للكائنات والأشياء لباسًا من نور. وإن الأناجيل نفسها تتكلم عن البشر على أنهم «أبناء النور». وإنه لا بد من وجود خيوط نور، بين السجناء في الفناء والنساء على الصخور، تمتد فوق سور السجن... خيوط غير مرئية، ولكنها تنقل مع ذلك لون الملابس، وأثاث الذاكرة. وأكثر من

ذلك، عَبَّارة من حبال نورانية وحسية. تخيل الحارس أن السجناء ونساء الصخور، في سكونهم، يمارسون الحب، وأن عاصفة أصابعهم الهوجاء هي التي تهز التنانير والشعور.

في أحد الأيام، رآها هناك، بين النساء الأخريات ذوات الملابس البائسة. شعرها الطويل المائل إلى الحمرة يتماوج مع الهواء، يمد خيوطًا مع الدكتور «دا باركا» في باحة السجن. خيوط حريرية، غير مرئية. لا يمكن لأمهر الرماة أن يقطعها.

اليوم لا توجد نساء. هناك جماعة من الأطفال، رؤوسهم حليقة تمامًا، مما يضفي عليهم مظهر رجال صغار، يلعبون لعبة الحرب جاعلين من العِصيِّ سيوفًا. كانوا يتنازعون على قمة الصخور، كما لو أنها أبراج قلعة. تعبوا من المبارزة وعندئذ استخدموا العِصيَّ نفسها على أنها بنادق. صاروا يتهاوون، يتدحرجون، مثل قتلى، مثل كومبارس فيلم سينمائي، ثم ينهضون بعد ذلك ضاحكين، ويعودون للتدحرج على السفح حتى مقربة من سور السجن. رفع أحدهم بصره بعد السقوط، والتقى بنظرة الحارس. فالتقط العصا، وأسندها إلى كتفه، ووقف وإحدى قدميه إلى الأمام، في وضعية الرامي، وسدد نحوه. «يا ذا المخاط»، قال له الحارس. وقرر أن يخيفه. تناول بندقيته، وسدد بدوره نحو وجه الطفل. ناداه الأطفال الآخرون من الوراء مذعورين: «بيكو»! اركض يا «بيكو»! أنزل الصغير سلاحه الخشبي ببطء. كان في وجهه نمش، وابتسامة خائفة وناقصة الأسنان. وفجأة، بحركة دوارية، رفع

العصا إلى كتفه من جديد، وأطلق النار، بوم، بوم! واندفع يعدو صاعدًا الرابية، متجرجرًا على السفح ببنطاله المرقع. لاحقه الحارس من خلال شُعيرة مِهداف بندقيته. أحس «هيربال» بخَديه يتوقدان. وعندما اختفى الصبي وراء الصخور، أنزل السلاح وتنفس عميقًا. أحس بحاجته إلى الهواء. وكان يقطر عرقًا. سمع صدى قهقهة. كان الرجل الحديدي قد أنزل الرسَّام وحل محله. وكان الرجل الحديدي يضحك منه.

«ما هذا الذي تحمله على أذنك؟».

«إنه قلم. قلم نجَّار. إنه تذكار من شخص قتلته».

«يا لها من غنيمة حربية!».

في الأول من أبريل ١٩٣٩ وقَّع «فرانكو» بيان النصر.

«نحتفل اليوم بانتصار الرب»، قال الكاهن في عظة قداس احتفالي أقيم في باحة السجن. ولم يقل ذلك بغطرسة خاصة، بل كمن يؤكد قانون الجاذبية. في ذلك اليوم، كان هناك حراس موزعون بين صفوف السجناء. وكانت قد حضرت بعض السلطات، ولم يكن المدير يريد مفاجآت غير سارة، مشاغبات ضحك أو سعال، مثلما حدث عندما ألقى أحد الواعظين ملحًا على الجرح، مباركًا ما أسماه الحرب الصليبية، وحثهم على التوبة، كملائكة سقطوا في عصبة الشيطان، وطلب الحماية الإلهية للزعيم «فرانكو». ولكن موعظة الكاهن اليوم، كانت تعصبًا أقل ابتذالًا، ذات إطار

لاهوتي إلى حد ما، مُوشَّاة بجدل مع السجناء، وهؤلاء بمعظمهم متعصبون للكتب، لأي نوع من الكتب، كل ما يصل إلى أيديهم منها، سواء أكانت «مكتبة سِيَر القديسين» أم «عجائب حياة الحشرات». هنا أراد الكاهن أن يرى الكهنوتية تناضل في سبيل الإيمان! إنهم يعرفون اللاتينية، رباه، يعرفون اليونانية. مثل ذلك الدكتور «دا باركا» الذي أوقعه يومًا في شبكة عنكبوت حول «الجسد، والنفس والروح».

«روح الحقيقة». أتعرف؟ هذا هو ما تعنيه الروح القدس. إنها روح الحقيقة يا أبتاه».

«الرب لا يُعاقب الناس بلا جُرم»، قال الكاهن. «فالخطيئة، تجلي الشيطان، هي ما يثير سخط الرب. ثم أين نحن من عليائه؟ لسنا أكثر من مجرد رؤوس دبابيس. ما يفعله الرب هو توجيه مياه التاريخ، مثلما يحوِّل الطحان مسار النهر. الرب يقارع الخطيئة، وليس الخُطيئة، فهذا شأن من شؤوننا، نواجهه بالاعتراف، بالتوبة، وبالغفران. الخطيئة الأصلية موجودة، إنها وصمة نتحملها بالولادة. ثم هناك بعد ذلك الخُطيئات! خطيئة الشخص بذاته، هذه عثرة في الطريق. ولكن أسوأ الخطايا، تلك التي لا يمكن تجاوزها والتي تلبَّست قسمًا من الناس في إسبانيا خلال هذه السنوات الأخيرة، وجعلتهم يخونون جوهر كينونتهم، هي «خطيئة التاريخ»، إنها الخطيئة الكبرى. وهذا النوع المنفر برهبة من الخطايا، ينتشر بصورة خاصة في غرور المثقفين، وفي جهل

البسطاء، المستسلمين لوساوس الثورات واليوتوبيات الاجتماعية الطائشة. والرب يخوض الصراع ضد خطيئة التاريخ. ومثلما تخبرنا الكتابات المقدسة مرارًا وتكرارًا، فإن غضب الرب موجود. وهو غضب عادل ولا يرحم...».

ثم قرأ الكاهن نص برقية البابا «بيوس الثاني عشر» التي أرسلها حديثًا إلى «فرانكو»، في ٣١ مارس: «نرفع قلبنا إلى الرب، ونقدم شكرنا المخلص إلى فخامتكم على انتصار إسبانيا الكاثوليكية».

عندئذ بدأت تُسمع أول النحنحات.

«كان من بدأ هو الدكتور «دا باركا»»، روى «هيربال» ذلك لـ«ماريا دا فيسيتاساو». «أعرف ذلك لأنني كنت قريبًا منه، وقد نظرتُ إليه بصرامة، مطالبًا إياه الالتزام بالنظام. كانت لدينا أوامر بوضع حدٍّ لأي حادث. ولكنني باستثناء النظر إليه كحشرة، لم أكن أعرف جيدًا ما يمكنني أن أفعله له. كان يُصدر سعالًا جافًّا، متصنعًا، مثل نحنحة أولئك الناس الراقين الذين يذهبون إلى حفلات «الكونشيرتو» الموسيقية. ولهذا فإنني أحسست بالراحة عندما امتد السعال، مثل وباء معدٍ، بين جميع السجناء. وراح يتعالى مثل دوي مجموعة نواقيس عملاقة، ينطلق من برج الأجراس.

لم ندر ما نفعل. لا يمكننا أن نجلدهم جميعهم في أثناء القداس! المسؤولون كانوا يتململون بقلق على مقاعدهم. وجميعنا كنا نتمنى في أعماقنا أن يقوم الكاهن، وهو رجل

فطن، بإخماد الدمدمات المتمردة، بصمت مناسب. ولكنه، مثل عجلة مسننة مقترنة بأخرى أكبر منها، كان منفعلًا بمسننة الموعظة نفسها».

«غضبُ الرب موجود! وقد كان الانتصار انتصارًا للرب!».

وطغى على صوته ضجيج السعال الذي لم يعد الآن مجرد نحنحات أوبرا مهذبة، وإنما دوي تلاطم أمواج في عمق البحر. فاضطر مدير السجن الذي انهالت عليه نظرات المسؤولين إلى الاقتراب منه، ليهمس في أذنه أن يختصر موعظته، لأن اليوم هو يوم الانتصار، وإذا ما استمرت الأمور على هذه الحال فسيكون عليهم أن يحتفلوا به في مجزرة.

أخذ وجه الكاهن المحمر بالشحوب، مشبعًا بذلك الشلال من الرجال الذين يسعلون مثل مصابين بداء رئوي. صمتَ، وجاب الصفوف بعينين مشوشتين، وكأنه يعود إلى نفسه، ودمدم من بين شفتين شيئًا باللاتينية.

ما قاله الكاهن، ولم يستطع «هيربال» فهمه، هو: «أين هو الموت؟».

ولدى انتهاء الطقوس ألقى المدير الشعارات بصرامة:

«إسبانيا!» ولم تُسمع إلا أصوات المسؤولين والحارس تردد: «واحدة!».

«إسبانيا!» وبقي السجناء صامتين، بينما صرخ الأشخاص السابقون أنفسهم: «عظيمة!».

«إسبانيا!»، وهنا دوى السجن كله بالصرخة: «حرة!».

لقد علم «هيربال» بالانتصار، منذ وقت مبكر، من المهزومين أنفسهم. «فالسجن»، كما قال لـ«ماريا دا فيسيتاساو»، «وعلى عكس ما يعتقده الناس، هو مكان جيد للحصول على المعلومات. فما يحدث هو أن أخبار المهزومين تكون عادة أكثر أمانة». لقد سقطت «برشلونة» في يناير، وسقطت مدريد في مارس. سقطت طليطلة في الأول من أبريل، في أبريل المطر الغزير. وكل سقوط منها كان يُقرأ في الوجوه على شكل تجعيدة، كان يُقرأ إكليل ظلال في العيون الغائرة، في المشي الواهن، في الإهمال الشخصي. فالسجناء الخاضعون لقصف الأخبار السيئة، كانوا يجرجرون في الممرات وفي الفناء إنهاك عمود فقري مهزوم. ثم رجعوا بقوة متجددة، مثل فيروس يترصد في العفونة، في الأمراض والأوبئة.

لم يتخلف الدكتور «دا باركا» عن حلاقة ذقنه كل يوم. كان يغتسل، بمنهجية، في الطشت، وينظر إلى نفسه في مرآة صغيرة مشروخة في خط يقسم وجهه إلى شطرين. وكان يسرِّح شعره يوميًّا وكأنه ذاهب إلى حفلة. وينظف حذاءه المهترئ الذي يلمع على الدوام، مثل صورة قديمة باهتة. كان يهتم بهذه التفاصيل، مثلما يهتم لاعب الشطرنج ببيادقه. وكان قد طلب في أحد الأيام صورة من «ماريسا»، ولكنه أمعن التفكير بالأمر بعد ذلك، وأعاد الصورة إليها.

«خذيها معك، لم تكن بالفكرة الجيدة».

بدت هي منزعجة. فليس هناك من يروقه أن يعيدوا إليه صورته التي أهداها، وخصوصًا في السجن.

«لا أريد رؤيتك محشورة بين هذه الجدران الأربعة. أعطني شيئًا يخصك. شيئًا يساعدني على النوم».

وكانت تعقد منديلًا حول عنقها. فقدمته إليه. عن بعد متر كالعادة. فالتلامس ممنوع.

تدخل «هيربال». فتشَ المنديل بعدم مبالاة متصنعة. إنه من القطن، تزينه خطوط حمراء متقاطعة. لو أنه يستطيع شم عبيره! ولكنه قال: «الأحمر غير مسموح به». وكان ما قاله صحيحًا. ولكنه ترك المنديل يسقط بين يدي «ماريسا».

«أنا ذاهب»، قال الرسَّام المرحوم لـ«هيربال» بعد وقت قصير من انتهاء الحرب. «سأذهب لأرى إن كنت أجد ابني. وأنت، ألا تعرف شيئًا عنه؟».

«إنه حي، لم أكذب عليك». قال له الحارس ذلك بشيء من الانزعاج. «فعندما ذهبنا للقبض عليه، كان قد هرب. وقد علمنا فيما بعد، أنه تنكر كأعمى، وأنه ركب حافلة. ولا بد أنه رأى الجثث في الحفر على جوانب الدروب وهو يضع نظارة الأعمى. لقد فقدنا أثره هنا، في «كورونيا»».

«سأذهب إذن لأرى إن كنت أجده. كنت قد وعدته ببعض الدروس في الرسم».

«لا أظنه سيرسم شيئًا عظيمًا»، قال الحارس بجفاء. «سيعيش أخرق».

منذ أن غادره الرسَّام، لاحظ «هيربال»، مثلما كان يخشى، ذلك الغم من جديد. فلعجزه عن مواجهة زوج أخته، ترك بيتها وطلب إذنًا بالبقاء في السجن. وعندما نهض واقفًا في الصباح، أحس بدوار خفيف، كما لو أن رأسه لا يريد النهوض مع جسده. وكان منزعجًا دومًا.

ذلك الدكتور «دا باركا» يوتر أعصابه. مهابته. رزانته. وابتسامة «دانييل».

انتهز الرجل الحديدي غياب الرسَّام. وانصاع «هيربال» له.

وشى بالدكتور «دا باركا». وشى به عن شيء كان يعرفه منذ زمن بعيد.

لقد كان لدى الدكتور جهاز استقبال إذاعي سري. أجزاء الجهاز أُدخلت من الخارج، مخبَّأة في علب صيدلية السجن. نابض أحد الأسِرة المعدني كان يستخدم كهوائي. وكان تنظيم السجناء قد رتب نظام مناوبة متكاملة لتقديم العناية الطارئة للمرضى، للتغطية على الحركة الليلية الدؤوبة في العيادة. وكان هو قد فاجأ الدكتور، وهو يضع سماعات المذياع. وقد قال له بخبث شديد إنه مسماع طبيب. ولكنه لم يكن أحمق.

ووشى به لأمر آخر أيضًا. لديه شكوك جدية جدًّا بأن الدكتور «دا باركا» يقدم مخدرات إلى بعض المرضى.

«في إحدى الليالي»، أوضح «هيربال» للمدير، «أخذنا أحد السجناء إلى العيادة، وكان يشكو آلامًا مبرحة. كان يصرخ وكأنهم ينشرونه بمنشار. وبين ولولاته، كان يقول إن قدمه اليمنى تؤلمه. ولكن المثير للفضول هو أن ذلك المريض، ويدعى «بيكيرا»، لم تكن له قدم يمنى. فقد بتروها له قبل شهور من ذلك، بسبب إصابة بالغنغرينا. لقد كان أحد من حاولوا الفرار يا سيدي، إذا كنتَ تتذكر ذلك، عندما كانوا يدهنون الواجهة. أنا نفسي أصبته برصاصة في كاحله. وقد تهشم العظم. قلت له: «لا بد أنك تعني القدم الأخرى، القدم اليسرى». ولكن لا، كان يؤكد أنها القدم اليمنى، ويشد بيأس على فخذه اليمنى، غارسًا فيها أظفاره. كانت له ساق خشبية، ساق من خشب الجوز، صنعوها له في المشغل. «أيكون السبب هو عدم تناسب الخشب مع الجذعة المتبقية من الساق؟». ونزعتُ عنه ساقه الخشبية، ولكنه قال: «إنها القدم أيها الأبله، إنها الرصاصة في الكاحل». وهكذا أخذناه إلى العيادة، وقال الدكتور «دا باركا» برصانة: «أجل، إن ما يؤلمه هو كاحل القدم اليمنى. والرصاصة هي التي تسبب له الألم». وكان كل ذلك يبدو لي مسرحية. وقد أعطاه الطبيب، بحضوري، تلك الحقنة قائلًا له إنها ستشفيه. «اهدأ يا «بيكيرا»، إنها إغفاءة «مورفيو»». وبعد قليل هدأ «بيكيرا»، وبدت عليه ملامح السعادة، كما لو أنه يحلم مستيقظًا. سألتُ الدكتور عما جرى، ولكنه لم يرد عليَّ. إنه رجل متكبر.

وسمعته يقول للآخرين إن ما يعاني منه «بيكيرا» هو ألم شبحي».

«وماذا أيضًا؟». قطب المدير حاجبيه.

«وتكررت القصة يا سيدي. لقد اكتشفتُ أنهم يختلسون المورفين من خزانة الدكتور «سولانس» المصفحة».

«ليس لديَّ أي خبر عن خلع تلك الخزانة».

وبدت ملاحظة المدير هذه لـ «هيربال» نوعًا من السذاجة الغريبة. فقال: «في هذا السجن يا سيدي، يوجد حوالي عشرة لصوص، يمكنهم فتح هذه الخزانة في لحظة واحدة بأداة تنظيف أسنان. وأنا واثق من أنهم يستجيبون للدكتور «دا باركا» أكثر من انصياعهم لك أو لي». ثم وضع على المنضدة، بحركة رصينة، علبة من ورق أسمر. «إنها حقن مفتوحة يا سيدي. مأخوذة من فضلات العيادة. وقد تأكدتُ من أنها تحتوي مورفينًا».

نظر المدير بتمعن إلى ذلك المحب للعدالة بالفطرة، الذي حضر إلى المكتب، كما لو أنه اكتشف فجأة أنه في خدمته. وفكر في كلب يجر حبلًا من علب الصفيح معلقًا بذيله، مثيرًا ضجة لا كابح لها.

«ليست هناك أي شكوى من جانب الدكتور «سولانس»».

«هو يعرف السبب»، قال «هيربال» مواجهًا نظرته.

«سأدون ملاحظة عن شهادتك، أيها الشرطي». ونهض

واقفًا. مشيرًا بذلك إلى انتهاء المحادثة. «القضية صارت بين يديَّ».

بقي «هيربال» متيقظًا للأحداث. أمضى الدكتور «دا باركا» فترة عقاب في الحبس الخاص، معزولًا، بسبب مسألة المذياع المُصادر. وبقي الدكتور «سولانس» موقوفًا عن العمل وقتًا طويلًا. أما هو نفسه، فقد تلقى في أحد الأيام إشعارًا بترقيته إلى رتبة عريف.

كان يشعر بأنه يزداد سوءًا. وكان يفرغ غضبه على السجناء، وبدأ يصبح مكروهًا بصورة خاصة. كان يتعمد اقتراف الشرور. في أحد الأيام، قال لـ«فينتورا»، وهو فتى كان صيادًا: «هذا المساء اذهب إلى برج المراقبة. سأدعك ترى فناء النساء. لقد أحضروا من «أرثوا» امرأة شابة إذا ما أومأتَ لها تبعتك». فقال السجين: «ولكن الصعود إلى هناك ممنوع علينا». ورد «هيربال»: «سأتظاهر بعدم رؤيتك».

عندما وقع الانقلاب العسكري، بقي «فينتورا» يعزف بوقًا حلزونيًّا ليلًا ونهارًا على شاطئ «كورونيا» إلى أن أسكتوه برصاصة. لقد اخترقت الطلقة ساعده، كما لو أنهم تعمدوا التسديد على وشم حورية البحر المربوعة المنقوشة هناك، والتي تشوهت الآن بسبب ندبة الجرح.

في الساعة الموعودة، صعد «فينتورا» إلى البرج. ولم تكن هناك في الفناء إلا فتاة واحدة، تجلس القرفصاء، مستندة إلى الجدار. صفر السجين الشاب وأومأ لها بذراعه. نهضت

الفتاة بمشقة ومشت متعثرة نحو منتصف الفناء، وكأنها تمشي على قائمتين خشبيتين. كانت ترتدي معطفًا مهترئًا ذا فراء، وتنتعل جزمة مطرية زرقاء. رفعت بصرها وفكر «فينتورا» في أن نظرتها هي أكثر النظرات التي رآها حزنًا. كانت شقراء وشاحبة، لها وجه ممصوص، ودائرتان عميقتان بلون سلحفاة بحرية حول عينيها. وفجأة فتحت المعطف. فتحته وأغلقته مثلما في عروض أحد أكشاك سوق ريفي. كانت الفتاة شبيهة بالرجال. «ما الذي تفعله هنا؟»، سأله «هيربال»، «ألا تعرف أن هذا ممنوع؟».

في كل يوم كان يدنو من زنزانة العقاب التي يقبع فيها الدكتور «دا باركا»، ويبصق من فتحة الباب. في إحدى الليالي استيقظ وهو يشعر بالاختناق. كان قلبه يخفق بجزع في قفص صدره. كان مرتعبًا إلى حد دفعه الأرق معه نحو زنزانة العقاب التي ينام فيها «دا باركا»، استند لاهثًا إلى جانب الباب، وكان على وشك طلب المساعدة. ولكنه خرج في النهاية إلى برودة الفناء وراح يتنفس بعمق.

وكان أن لاحظ عندئذ استقرار المرحوم على أذنه. يا لَلراحة الإعجازية!

«أهذا أنت؟ إلى أي لعنة ذهبت؟»، سأله متصنعًا السعادة. «هل عثرت على ابنك؟».

«لا، لم أعثر عليه. ولكنني سمعت أسرتي تقول إنه قد نجا».

«لقد قلت لك ذلك من قبل. عليك أن تثق بي».

«أتعتقد ذلك؟»، رد المرحوم بسخرية.

«اسمع أيها الرسَّام، أخبرني بأمر. هل تعرف ما الألم الشبحي؟».

«أعرف شيئًا من ذلك. شرحه لي «دانييل دا باركا». لقد قام بدراسة في مستشفى الإحسان. يقال إنه أسوأ الآلام. ألمٌ يصل إلى حدود لا تطاق. إنه ذاكرة الألم. لماذا تسألني؟».

«لا لشيء».

١٥

نظرت «ماريسا ماللو» إلى شجرة الأروكارية وأحست، بدورها، بثقل نظرتها. فتلك المهابة، المغروسة في قصر جدها الريفي، تهيمن على الوادي وتشير إلى السماء بسقالاتها النباتية الكبيرة.

كانت الكلاب قد رحبت بها. فهي تعرفها من رائحتها، وتتنازع عليها بسعادة وحشية. تتقافز من حولها، مستعرضة نفسها بفخر أمام الزائرة، وكأنها غنيمة غزو. ولكن «ماريسا» لم تشعر قط بمثل ذلك الإحساس، الإحساس بأن شجرة الأروكارية تراقبها.

«ها أنتِ ترجعين إذن، أليس كذلك أيتها الشابة؟»، كانت الشجرة تقول لها من عليائها.

وكلما اقتربت من القصر الريفي، ازداد إحساسها بأنها مراقبة كذلك من شجيرات الأزهار التي تحف بالطريق ذي الأحجار الصغيرة البيضاء. وشعرت كما لو أن شجيرات الكاميليا تتبادل الوكز بالمرافق، والمانوليا الصينية تتهامس بخفوت.

إن ذلك العالم ينتمي إليها بطريقة ما. فقد كان ميدان لعبها ومخبأها. وهناك احتفلت، بمسعى خاص من جدها، ببلوغها سن الرشد، وهي حفلة غريبة على تقاليد «فرونتيرا». ضحكت بسخرية كئيبة لمجرد تذكرها ذلك.

هناك كان جدها «بينيتو ماللو»، وهي إلى جانبه، يترأس، تحت العريشة، مائدة المأدبة الطويلة. وهي مائدة طويلة جدًّا في ذاكرة «ماريسا»، حتى إن بياض شراشفها يختلط في نهاياته القصوى مع أغصان وأوراق الحديقة الملتفة. وإلى جانب حفيدته، تلك الصبية الشقراء التي بدأت تتفتح عن امرأة جميلة، كان «بينيتو ماللو» يبتسم باعتزاز. فقد كانت تلك هي المرة الأولى التي يتمكن فيها من جمع كل ما يسمى بالقوى الحية. وكان هناك، في مكان بارز، من يزدرونه أكثر من الجميع، سليلو السيادة الريفية، يضحكون لمداعباته بوداعة. هناك كان الأسقف والكهنة، وكذلك الكاهن الذي أشار إليه من المنبر يومًا على أنه زعيم الخاطئين. وهناك كان قادة حرس الحدود، وهم أنفسهم الذين أقسموا يومًا، عندما كان السيد «نكرة» المفعم بالجسارة، على تعليقه من الجسر ورأسه إلى أسفل، كي تنتزع أسماك الحنكليس عينيه. ولكن شيئًا حدث للواقع. إنه لا يزال الواقع نفسه. القيم نفسها، القوانين نفسها، الرب نفسه. والشيء الوحيد الذي تغير هو أن «بينيتو ماللو» قد اجتاز الحدود. لقد اغتنى من التهريب. الكلام يدور عن البن، والزيت، وأسماك القد. ولكن المخيلة الشعبية

تعرف أكثر من ذلك. أطنان النحاس المتراكمة من خلال سلك كهربائي، ينتهي بذراع تدوير، تدور ليلًا ونهارًا، والمجوهرات التي تمر في أحشاء الماشية، والحرائر التي يحملها فيلق نساء حُبليات مزيفات، والأسلحة التي تُكرِّم ميتًا في تابوته.

لقد أثرى «بينيتو ماللو» إلى ذلك الحد الذي يتوقف فيه الناس عن السؤال عن الطريقة. صاغ أسطورة. أسطورة فلاح جلف صار يرتدي بدلات مفصلة في «كورونيا». واشترى سيارة «فورد»، مقاعدها مغلفة بالجلد، تأوي إليها الدجاجات. ويملك صنابير ماء من الذهب، ولكنه يستخدم البرية مرحاضًا، ويمسح مؤخرته بورقة كرنب. ويهدي إلى عشيقاته أوراقًا نقدية مزيفة.

ولكن شيئًا تغير في كل ذلك عندما اشترى «بينيتو ماللو» قصر شجرة الأروكارية الريفي. فقد كانت هناك قاعدة غير مكتوبة تقول إن من يملك الأروكارية يملك العمودية. وقد عُين أحد المحامين المقربين من «بينيتو ماللو» عمدة في زمن دكتاتورية «بريمو دي ريفيرا». ولم يكن هذا هو السبب في تخليه عن حكم مملكة الحدود غير المرئية. لقد حاك سجادة متينة بمكوك الليل والنهار. كان يخطو بثبات في الصالونات المفروشة بالسجاد، ويجعل أشد الموظفين والقضاة غطرسة وتكبرًا، يقومون بالمساعي من أجله، إنما كان يمكن رؤيته في بعض الأحيان، ليلًا، في أحد أرصفة نهر «المينيو»، بقبعة مميزة ذات حافة عريضة، يقول لكل من يريد أن يراه، هأنذا

هنا، ملك النهر. ثم وهو يبصق بعد ذلك على الأرض، في إحدى الحانات، محتفلًا بإفراغ البضاعة. «هل تعلمون؟ هذه الشهور التي غبتها كنتُ في نيويورك. لقد اشتريت هذه البدلة، ومحطة بنزين في الشارع الثاني والأربعين». وكان رجاله يعلمون أنه لا يمكن أن يكون ما يقوله تبجحًا. «هذا جيد أيها الزعيم. مثل «آل كابوني»». وكانوا يضحكون مما يُضحِكه. لقد كان طيب المزاج، ولكن بتحفظ نسبي. أما عندما يغضب، فتتبدى في أعماق عينيه ألسنة لهيب فرن. «ذلك المدعو «آل كابوني» مجرم، أما أنا فلا». «بالطبع يا «دون بينيتو». اعذرني لهذه المزحة».

كان «بينيتو ماللو» يقرأ بصعوبة. وكان يقول: «أنا لم أذهب إلى مدرسة». وكان ذلك الاعتراف بالجهل يرن في شفتيه مثل تحذير، يصبح أكثر حسمًا كلما تحسن وضعه. الأوراق الوحيدة التي كان يعتبرها ذات قيمة هي وثائق الملكية. كان يقرؤها ببطء شديد وبصوت عالٍ، وبتلذذ تقريبًا، من دون أن يهتم بما يتبدى من تعثره، وكأنها آيات من الكتاب المقدس. ثم يمهرها بعد ذلك بتوقيعه، بما يشبه ضربة سكين من الحبر.

من أجل شراء قصر «فرونتيرا»، كان على «بينيتو ماللو» أن يتغلب على تحفظ ورثة الإقطاعية. لقد كانوا يقيمون في مدريد، ولا يأتون إلى القصر إلا في إجازات الصيف وأعياد الميلاد. وفي هذه المناسبة الأخيرة، كانوا يقيمون مجسمًا حيًّا

لميلاد المسيح في بيت لحم. فيمثل أطفال الأبرشية الفقراء شخصيات مغارة الميلاد، باستثناء السيدة العذراء والقديس يوسف، فكان يجسد شخصيتيهما طفلا الأسرة. وكانا هما من يوزعان في نهاية العرض عيدية الشوكولاتة والتين المجفف. وفي إحدى المرات، كان «بينيتو ماللو» نفسه قد أدى أيضًا دور راعٍ صغير، يرتدي صدرية من الفرو، ويعلق جرابًا من الجلد. وكان يحمل نعجة بين ذراعيه، عليه أن يضعها كقربان أمام العذراء والقديس يوسف والطفل يسوع. ومن كان في المهد في تلك السنة هو طفل إحدى الخادمات، ابن أم عازبة. ألسنة السوء كانت تنسب أبوّة ذلك الطفل إلى «لويس فيليبي»، سيد القصر. و«بينيتو ماللو» كان طفلًا غير شرعي أيضًا، ولكنه كان يعرف في ذلك الحين معرفة مؤكدة مَن أبوه: إنه مطلق ألعاب نارية متبجح، مات مطعونًا بسكين، في حفلة رقص ليلية في الهواء الطلق. بعد سنوات من ذلك، وكان قد أصبح شابًّا، في مستهل شهرته، اقتحم «بينيتو ماللو»، على صهوة جواده، وهو سكران، حفلة السيد المالك، وأفسد حفلة الرقص في العراء، مطلقًا النار في الهواء. وسيتذكر الجميع صرخة الحقد الكئيبة التي أطلقها قبل أن يضيع في قِمع الليل.

«في حفلة رقص مثل هذه مات أبي!».

في دوره كراعٍ، في مجسم بيت لحم القصر الريفي، كان عليه أن يغني أهزوجة عيد الميلاد. لقد علمته أمه الأغنية في

الليلة السابقة. وكان كثيرون يضحكون بينما هو يرددها. وبعد أن وضع النعجة عند قدمَي مهد الطفل يسوع، تقدم «بينيتو ماللو» نحو الحضور، وأفلت أغنيته بجدية بالغة:

أعطنا عيدية عيد الميلاد

وإن كانت قليلة:

خنزير كامل

ونصف آخر

في أول الأمر، خيم الصمت على سيد القصر وأصدقائه. ثم انفجروا بعد ذلك في الضحك. قهقهة بلا نهاية. ورأى «بينيتو ماللو» كيف أن بعضهم كانوا يمسحون الدموع. لقد كانوا يبكون من شدة الضحك. أما هو فكانت أعماق عينيه تتأجج. ولو كان الوقت ليلًا للمعتا مثل عينَي قط بري.

لم يحالف النجاح الوسطاء الذين أرسلهم «بينيتو ماللو» إلى مدريد. كان ذلك كمَن يطرق حديدًا باردًا. فتلك الأسرة التي حاق بها الإفلاس، تضع شروطًا جديدة كلما بدا أن الصفقة قد أُنجزت. في أحد الأيام بعث «بينيتو ماللو» في طلب سائقه، وقال له أن يستعد من أجل رحلة طويلة. حمَّلوا في حقيبة السيارة برميلين، من التي يُعبَّأ فيها السمك المدخَّن. «إنني أُحضر هذا للسادة»، قال عندما مَثُلَ في الشقة في مدريد، «قل لهم إنني «بينيتو ماللو»». أدخلوه إلى الصالة، وهناك بالذات، أمام الأسرة المجتمعة، ومن دون أي طقوس، فتح البرميل الأول. كانت الأوراق النقدية مكدسة بعناية في دوائر

متحدة المركز، مثل أسماك قُدٍّ فاخرة. إنها شهية. لاحظوا كيف تلمع وكيف تعبق. يمكنكم أن تتذوقوها. أن تمضغوها. أسماك مدخنة شهية. ولكن «بينيتو مالِلو» قال: «يمكنكم أن تعدوها، فكروا في الأمر بهدوء. نظر إلى ساعته ذات السلسلة. أنا سأذهب لشراء اليانصيب. وإذا وافقتم، استدعوا كاتبًا بالعدل موثوقًا». ولكنه عندما رجع، كانت تظهر على وجه السيد المالك لمحة الضحكة الصفراء المستهزئة. بقيت المرأة صامتة، تتنفس بصدر متهدج. والسيدان الصغيران، فتى وفتاة، إلى جانبَي أبيهما. مشدودان، يترصدان بعنقيهما الكُركيين، وكأنهما يشهدان إهانة.

«حسنًا».

«نقدر اهتمامك»، قال «لويس فيليبي»، «ولكن الأمر كله يبدو لنا متسرعًا. المسألة ليست نقودًا وحسب يا سيد «مالِلو». هناك أشياء لا تُقدَّر بثمن، ولها قيمة عاطفية قوية».

«المكتبة يا بابا»، قالت الابنة مذيلة قول أبيها.

«أجل، المكتبة مثلًا. إنها مكتبة استثنائية. من أفضل المكتبات في «غاليسيا». قيمتها لا تقدر بثمن».

«أفهم ذلك». قال «مالِلو»، ثم توجه إلى السائق: «يا «كوتو»، اصعد ببرميل سمك آخر».

ستمضي سنوات قبل أن يعود «بينيتو مالِلو» للانتباه إلى تلك المكتبة التي تغطي جدران حجرة المكتب والصالون وممرًّا طويلًا في القصر. وكان بعض الزوار يدلون بين حين

وآخر بعبارات تقدير، بعد أن يتصفحوا أحد تلك المجلدات القديمة.

«ما تملكه هنا هو أعجوبة، إنه كنز».

«أعرف ذلك»، يؤكد «بينيتو ماللو» بفخر. «إن له قيمة لا تقدر بثمن».

في أقصى حجرة المكتبة التي جعلها مكتبًا له، كانت هناك موسوعة مصورة. إنها مجلدات متينة ومتماثلة، تبدو كأنها مجلدة بالرخام، وتضفي على المكان مهابة ضريح. ولكن في كل مرة ينهض فيها المهرب القديم عن كرسيه، ويدور حول المنضدة من جهة اليمين، يجد عند مستوى بصره رف كتب متفاوتة الأحجام، بعضها غير مجلد، تحت عنوان بحروف مشغولة من الخشب:

شعر

نهض في أحد الأيام، ثم عاد للجلوس. وكان يحمل في يده كتابًا بعنوان «أفضل مائة قصيدة قشتالية» لـ«مارثيلينو مينيندث بيلايو». ومنذ ذلك الحين صار يكرس، في كل يوم، قليلًا من وقت فراغه، لقراءة ذلك الكتاب. في بعض الأحيان يتركه مفتوحًا في حضنه، ويستغرق ساهيًا في تأمل الشريط السينمائي الذي تعرضه السماء من شرفة الصالة، أو يغمض عينيه في حلم يقظة. أصدر تعليمات إلى الخدم كي لا يقاطعه أحد، وأضافوا هم إلى مصطلحاتهم عبارة جديدة، وكأنهم يتكلمون عن عادة متأصلة: «السيد مشغول بالكتاب».

كانت نزوات الجد مقدسة، ولم يهتم أحد كثيرًا بتلك الهواية المفاجئة التي نسبوها إلى ترهل الدماغ الخاص بتقدم السن. ولكنه في أحد الأيام خطا خطوة أخرى إلى الأمام، ورتل أمام الأسرة، في غرفة الطعام، المقطع الأول من قصيدة «خورخي مانريكي» في موت أبيه. التأثير الذي سببه، وانفعال الجدة «ليونور»، وملامح الذهول التي ظهرت على الآخرين، جعلته يكتشف بعدًا للانتصار الإنساني لم يعرفه حتى ذلك الحين. وكان حسه العملي مرهفًا إلى حد حمله على خلط استخلاصاته، بما في ذلك الزائفة منها، بالنظام الطبيعي للحياة.

في يوم حفلة بلوغ «ماريسا» سن الرشد، وعند تناول حلوى المأدبة، نهض الجد واقفًا، وقرع بالملعقة الصغيرة كأسًا، كما لو أنه يقرع جرسًا، طالبًا الصمت. كان قد أمضى اليوم السابق محبوسًا في مكتبه، وكانوا قد سمعوه يتكلم وحيدًا، ويُنشد بطبقات صوت متنوعة. لقد كان رجلًا يمج الخطابات. إنها كلمات تذهب مع الريح. «أما اليوم»، قال، «أريد أن أقول شيئًا يخرج من القلب، مثل ماء يتدفق من ينبوع الروح. وأي مناسبة أفضل من هذه التي توفرها لنا حفلة نحتفل فيها، وليس من دون حنين، بربيع الحياة، بتفتح الزهرة، بالانتقال من البراءة إلى سهام «كيوبيد» العذبة».

سُمعت بعض النحنحات وأخمدها «بينيتو ماللو» بالنظر شزرًا وبصرامة.

«أعرف أن كثيرين منكم سيستغربون هذه الكلمات، وحتى أنا نفسي لست بمنجى من السخرية التي تثيرها فيَّ هذه الأيام أكثر المشاعر عاطفية. ولكن، يا أصدقائي، هناك مناسبات يقوم فيها المرء بوقفات في حياته، ويجرد الحساب».

وكما لو أن الكلام والعينين يمضيان في سبيلين منفصلين إلى أن يلتقيا في نقطة واحدة، النظرة والصوت تصلبا. «وأنا لا أسرار عندي أكتمها. أن تأكل أو تؤكل. هذه هي المسألة. لقد دافعت دومًا عن هذا المبدأ، ويمكنني، بتواضع، أن أقول إنني خلَّفتُ لذويَّ شيئًا من الثروة أكبر مما خصني به القدر السيئ في المهد. ولكن، ليس بالخبز وحده يحيا الإنسان. إذ لا بد أيضًا من تنمية الروح».

«هذا يعني، الثقافة».

وبينما هو ماضٍ في خطبته، كانت نظرة «بينيتو ماللو» القاسية تجول في بانوراما بطيئة على مَدعوِّيه، محولة أشد الملامح سخرية ومرحًا إلى ملامح موالاة واحترام.

«الثقافة أيها السادة! ومن بينها أسمى الفنون: الشعر.

وقد كرستُ له، بتكتم وتذلل، جزءًا من أكثر اهتماماتي حميمية في الفترة الأخيرة. لقد زرعت حقولًا في أرض كنت قد أبقيتها بورًا. أعرف جيدًا أن في داخل كل واحد بهيمة، وفي البعض أكثر من غيرهم. ولكن الإنسان المُجرب، يتأثر عندما يسمع أوتار روحه، مثل الطفل، في العلية، حين يسمع علبة موسيقى».

تذوق الخطيب رشفة من الماء، وكان واضحًا رضاه عن إجادته تقديم هذه الصورة للبهيمة والطفل التي فكر فيها طويلًا خلال الليل كله. ومن جهة أخرى، كان جمهور المدعوِّين لا يزال يحتفظ بصمت ذاهل، مذعورًا من وميض نظرات «بينيتو ماللو»، ولكنه لا يقلُّ تشوقًا لأن يعرف أخيرًا إذا ما كان فمه ينطق بالسخرية أم بالاختلال العقلي.

«كل هذه المقدمات تأتي في حينها، لأني لا أريد أن آخذكم على حين غرة. لقد كلفني كثيرًا الإقدام على هذه الخطوة، ولكنني فكرت في أن المناسبة تستحق مثل هذه الجسارة. وها هي ذي النتيجة. إنني أضع قصائدي هذه رهن أريحيتكم، مدركًا أن حماسة المستجد لا يمكنها أن تتدارك الافتقار إلى الحرفة.

بادئ ذي بدء، قصيدة من نظمي على شرف أجدادنا وأسلافنا».

بدا «بينيتو ماللو» مترددًا لحظة، وكأنه متأثر بالانفعال، ولكنه استعاد في الحال وضعه الطبيعي، كقزم مهندم، وبدأ الإنشاد باندفاع شاعر:

حيواتنا أنهار
تمضي إلى البحر
الذي هو الموت. . .

بلغ المزاح نهايته، هكذا فكر البعض. وصفقوا لمُقطَّعات

الشاعر «خورخي مانريكي» وانفجروا ضاحكين في تواطؤ لم يجد تجاوبًا. بل على العكس، فقد ألهبهم «بينيتو ماللو» بنظرته، فراحوا ينكمشون إلى أن أعلن انتهاء القصيدة.

«والآن»، قال بصوت نيروني مخيف، «منظومة كلفتني جهدًا كبيرًا. استغرقتُ أمسية كاملة في كتابتها، على الأقل، لأن الرباعية الأولى استعصت عليَّ مثل ماسة خام».

«فيولانتي» تأمرني بنظم سوناتا

ولم أجد نفسي في مثل هذا المأزق قطُّ...

لم يعد هناك ضحك. ولا حتى من «الوبي دي بيجا». بل بعض الهمسات فقط، أوقفها هو بتحذير صائب من عينيه. وفي النهاية، صفقوا له ليس كيفما اتفق، وإنما بالمزاج الحماسي لحفلات الإلقاء الفاخرة.

«وأخيرًا، قصيدة أهديها إلى الشباب. وبصورة خاصة إلى حفيدتي «ماريسا» التي هي، في نهاية المطاف، من تجمعنا هنا. فما الذي نبخل في تقديمه، مقابل أن نعود إلى الشباب؟ في بعض الأحيان نوبخ الشبان، لأنهم يتمردون، ولكن هذا هو الطبيعي في سنهم، الروح الرومنطيقية. وبينما أنا أفكر بكم، وفي أكثر الشباب فتوة، تصورت شخصية تجسد الحرية، وخرجت معي «أغنية القرصان» هذه»:

بعشرة مدافع على جانبها

وريح تدفع القُلوع المفتوحة

لا تمخر الماء وإنما تطير

السفينة الشراعية. . .[١٦]

كان هناك تهليل وتصفيق مع صرخات بحياة «بينيتو»، شاعرًا. لم يعد يهمه إذا ما كانت نبرة التهليل ساخرة. رفع نخبًا على شرف المستقبل. وشرب كأسًا من الكونياك دفعة واحدة. ثم قال: «والآن إلى المرح!». وتوغل متوحدًا في القصر كي لا يُرى طوال بقية النهار.

في الليل، طلبت منه «ماريسا»، وهي لا تزال تشعر بالخجل، تفسيرًا لما فعله. ولكنها انتبهت إلى أنه غائب عن الوعي. لقد سَكِر وحيدًا. كانت زجاجة خمر الأعشاب فارغة على المنضدة، وهناك ثمالة دبق ذهبي في الكأس وفي الصوت.

«أرأيتِ يا صغيرتي؟ إنها السلطة!».

عندما جاءت الجمهورية، صار جمهوريًا. ولكنه لم يستمر في ذلك إلا بضعة أشهر. وسرعان ما صار بطله النموذجي هو المُهرب، والمصرفي، والمتآمر «خوان مارك»، وكان معروفًا آنذاك بأنه القرصان الأخير في البحر المتوسط. كان يروي عنه بابتهاج طرفة تبدو له من ألمع عبارات النباهة التي عرفتها الأزمنة الحديثة. فقد كان «دون خوان مارك» مثله، يقرأ ويكتب بصورة سيئة، ولكنه كان أعجوبة في حساب

---

(١٦) مقطع من قصيدة «أغنية القرصان» للشاعر «خوسيه دي اسبرونثيدا». (المترجم).

الأعداد. وكان «بريمو دي ريفيرا» يُفتن بتلك المهارة. وفي إحدى المناسبات التي كان يحضرها الوزراء، توجه إلى «مارك» وقال له: «لنر يا «دون خوان»، كم يساوي سبعة في سبعة في سبعة في سبعة زائد سبعة؟»، ورد «مارك» على الفور، ومن دون أن يتاح له الوقت للتفكير: «ألفان وأربعمائة وثمانية أيها الجنرال». فقال الدكتاتور لوزير المالية: «تعلَّم يا سيادة الوزير!».

في ١٩٣٣، أرسل «بينيتو ماللو» قواقع بحرية إلى «خوان مارك» في سجنه، الذي سيهرب منه مع مدير السجن بالذات. وقد كان لهما الشعار الأسري نفسه: «دينيرز أو دينار»، المال أو الطعام. وكانا يفكران في أنه يمكن شراء كل شيء بهذين السلاحين.

الكلاب الآن تعضها من معصميها، بمحبة وحشية، وكأنها تؤنبها. حيَّت «ماريسا» الجنائني البرتغالي بسعادة ساحرة.

«إيه، «أليريو»! كيف الحال؟».

ملتفًّا بغمامة رماد أوراق ذابلة، رفع البستاني ذراعه بحركة بطيئة، نباتية. وعاد بعد ذلك، ساهمًا، إلى تغذية مبخرة الغابة. لقد كانت تعرف ما تقوله الإشاعة، ذلك التواصل اللاسلكي السري لـ«فرونتيرا». إن «أليريو» هو ابن سيد قديم للجد، ومنذ أن انطلق هذا الأخير، ليسكب قوته في الدروب، لم يهدأ «بينيتو ماللو» إلى أن تمكن من وضع أحد أفراد تلك السلالة في خدمته، ليس عرفانًا بالجميل، وإنما كتصفية

حساب معقدة مع التاريخ. في قوانين «فرونتيرا» غير المكتوبة، لم تكن هناك وصمة أسوأ من كون المرء خادمًا لدى من هم على الجانب الآخر من النهر. ومهما يكن من أمر، فقد كان «أليريو»، في ذلك العالم المسور، يبدو الأكثر حرية. فهو يعيش بعيدًا عن الناس، ويتحرك في العزبة مثل ظل ساعة رملية. وكانت «ماريسا» في طفولتها تظن أن تَبدُّل الفصول هو جزء من إبداع ذلك البستاني الصموت الذي يبدو أبكم. فهو يطفئ الألوان ويُشعلها، وكأن لديه في الحديقة فتيلًا غير مرئي تحت التراب، يصل ما بين بصيلات وأشجار ونبتات. لم يكن الأصفر ينطفئ أبدًا. فمرسوم قدوم الشتاء يُخمد آخر الأنوار الذهبية لشجيرة الورد الصيني. ولكن، في ذلك الحين بالذات، في ذلك الجو المأتمي، تنضج ثمار الليمون، وتنبثق الأرواح بآلاف القناديل بين أغصان السنط العنبري الملتفة. وفي الوقت الذي تتفتح فيه أزهار الرتم البرية والوزال كشرارات، تتدلى أغصان «الفورستيسا». وبعد ذلك تنبثق من الأرض مصابيح أول الزنابق والنرجس. إلى أن يتفجر في الربيع بهاء مطر الذهب. وكان البستاني «أليريو»، هو من يُعنَى بإشعالها بولاعته.

عندما كان «بينيتو ماللو» يُري الزائرين البارزين روعة نباتات القصر، التي تبرز بينها مثل شائبة أنواع الكاميليا المختلفة، كان «أليريو» يتبعهم، متخلفًا عنهم قليلًا، يداه متشابكتان وراء ظهره، مثل قَيِّم مفاتيح تلك الكاتدرائية. يبين

للسيد أسماء الأنواع عندما يسأله عنها، ويصوب له بلباقة بالغة ما لا بد من تصويبه.

««أليريو»، كم من السنوات عمر نبتة الجهنمية هذه؟»».

«يجب أن يكون عمر شجيرة الوِستارية الحلوة هذه، يا سيدي، بعمر البيت».

وكانت «ماريسا» تُفتن بالتشخيص العاطفي الذي يلخص به حالة الأشجار، وهو أمر لم يكن يفعله إلا في لحظات طارئة، وكأنه يكتب وصفة طبية في الهواء. «هذه الأوراق شاحبة! شجرة الليمون مصابة بالاكتئاب. شجيرة الدِّفلى خفيفة الروح. تنفُّس شجرة الكستناء مضطرب». وكانت شجرة الكستناء تلك بالنسبة إلى «ماريسا»، مكانًا سريًا. فهناك فجوة كالقمرة في الجذع العتيق، بها كوة مستديرة كنافذة سفينة، ترصد من خلالها العالم من دون أن تُرى. لقد كانت تتقاسم مع شجرة الكستناء سرًّا على الأقل. سر السائق والعمة «إنجراثيا». هس.

عندما أخبرت «دا باركا» عن هذا الذي كان «أليريو» قد قاله عن شجرة الكستناء، سيطر الذهول على خطيبها الطبيب. «هذا البستاني أستاذ جامعي! إنه عالم!»، ثم قال «دانييل» ساهمًا: «الأشجار هي نوافذه. إنه يحدثك عن نفسه».

«أليريو» يتلاشى الآن بين ضباب الرماد.

يظهر الجد في أعلى السلم لاستقبالها. الذراعان تتدليان متصلبتين من الكتفين المتهدلتين، وفتحتا كُمي الجاكيت تكادان تُخفيان اليدين. لا تظهر إلا المخالب القابضة على

العكاز. مقبض معدني على شكل رأس كلب دِرواس. ما يزال صقر العينين حيًّا، وهي السمة المميزة لـ«بينيتو ماللو»، ولكن فيه ذلك الحقد الذي يواجه به الذهن الصافي تصلب الأنسجة العضوية. ولهذا ينزل درجات السلم.

«أتريدني أن أساعدك؟».

«لستُ ميتًا».

ويقول لها إنه من الأفضل أن يتحدثا وهما يتمشيان باتجاه حوض شجيرات الورد، لأنه يجب استغلال شمس الشتاء، ولأن ذلك يفيد في مقاومة ما يسميه هو الروماتيزم اللعين.

قال لها: «إنك جميلة جدًّا، كالعادة».

وفكرت «ماريسا» في المرة الأخيرة التي رأى فيها كلٌّ منهما الآخر. كانت هي تنزف، أوردة معصمها مفتوحة. وكان عليهم أن يخلعوا الباب. وقرر الجد أن ذلك كله لم يحدث قطُّ.

«جئت أطلب منكَ جميلًا».

«أحسنت صنعًا. فهذا هو اختصاصي».

«لقد انتهت الحرب منذ سنة وثمانية أشهر. ويقولون إنه سيكون هناك عفو في أعياد الميلاد».

توقف «بينيتو ماللو» واستنشق الهواء. كانت شمس الشتاء ترتعش في الشرفة الزجاجية المهيبة المطلة على شجرة الأروكارية. التنفس المتحشرج، فكرت «ماريسا»، باحثة بنظرها عن دخان البستاني.

«لن أخدعكِ يا «ماريسا». لقد فعلتُ كل ما هو ممكن ليقتلوه. وأكبر خدمة يمكنني أن أقدمها لكما الآن هي ألا أفعل شيئًا».

«يمكنك عمل أكثر مما تقوله».

التفت نحوها، ونظر إليها مواجهة، ولكن من دون تحدٍّ، بفضول من يكتشف وجهًا غريبًا منعكسًا في النهر. «إذا ما حركتَ الماء، فإن الوجه سيسيل من بين يديك، من دون التمكن من إمساكه، ويتركب من جديد كواقع آخر».

«أأنتِ متأكدة؟ أنتِ تغلبتِ عليَّ».

وكانت على وشك أن تقول له: «متى ستدرك أن هذا الذي يسمونه الحب، موجود؟»، وأن تُذَكِّره، لكي تضايقه، بذلك الهذيان الذي أصابه مع الشعر. فقد بقيت حادثة إلقائه الشعر الوحيدة محفوظة في حوليات «فرونتيرا»، كمهزلة لا يمكن محوها. وكان «بينيتو ماللو» قد أهدى إلى غجري متوجه إلى «كويمبرا» كتب ذلك الرف الذي فتنه، وأمر بأن توضع مكانها مجلدات القانون المدني. ولكن «ماريسا» صمتت.

«الحب موجود يا جدي».

«الحب»، غمغم هو كما لو أن في فمه رمل ملحٍ. ثم قال بصوت أبح، مُنتزع من حنجرته: «لن أفعل أي شيء آخر. واصلي طريقكِ. وهذا هو جميلي إليكِ».

لم تعترض «ماريسا»، فقد كان ذلك هو ما تأمل الحصول عليه. فلا بد، حسب قوانين «فرونتيرا»، من المزايدة بعشرة من

أجل كسب الواحد. ثم إن كلمة الجد تُلزم الأسرة كلها، بدءًا من أبويها، المذعنين كخروفين أمام مشيئة «بينيتو ماللو». إنه جواز مرور أَسَريٍّ. لا مزيد من المكائد، ولا مزيد من طالبي يد «بينيلوبي». واصلي طريقكِ: سأتزوج من حبيبي السجين.

«سأتزوج منه»، قالت.

صمت «بينيتو ماللو». ألقى نظرة أخيرة إلى الشرفة النباتية للأروكارية واستدار باتجاه القصر. إنه يعلن انتهاء النزهة.

سُمعت صفارة الكلاب. ودنا منه بتكتم سائقه «كوتو» الذي يقوم، في الوقت نفسه، بدور الحارس الشخصي.

«اعذرني يا سيدي. جاءت زوجة «دي روسال». لقد صار الهارب في لشبونة. وهي تريد تقديم الشكر لك».

«الشكر! فلتدفع المتفق عليه، وتنصرف!».

«ماريسا» تعرف ما الذي يعنيه. فالجد من حزب المنتصرين. وقد كان القمع في «فرونتيرا»، على وجه الخصوص، قاسيًا جدًّا. هناك مجمع جماجم اخترقت كل واحدة منها رصاصة. وهذا كثير للحس العملي. وكان هو يتمتع بحس عملي.

«بعد غد»، قال وهو يلتفت من جديد إلى «ماريسا»، «سيخرج قطار من «كورونيا». قطار خاص. وسيكون دكتوركِ فيه».

١٦

كانت ساعة محطة القطار في «كورونيا» متوقفة دومًا على العاشرة إلا خمس دقائق. وكان يخيل للصبي بائع الصحف أن عقرب الدقائق، وهو الأطول، يرتعش بخفة إلى أن يستسلم من جديد، من دون أن يتمكن من التحرر من ثقله، مثل جناح دجاجة. وكان الصبي يفكر بأن الساعة، في العمق، محقة، وأن ذلك العطل الأبدي، هو قرار واقعي. فهو أيضًا يحب أن يبقى متوقفًا، ولكن ليس عند العاشرة إلا خمس دقائق، وإنما قبلها بأربع ساعات، حين يوقظه أبوه بالضبط، في الكوخ الذي يعيشان فيه، في «إيريس». سواء في الشتاء أو الصيف، هناك سحابة ضباب تستقر في ذلك المكان، رطوبة كثيفة تبدو كأنها تقلص البيت سنة إثر سنة، محدبة السقف، وفاتحة شقوقًا في الجدران. كان الصبي واثقًا من أن أحد مجساتها سينزل في إحدى الليالي من المدخنة، ويتثبت في السقف بمحاجمه، تاركًا تلك اللطخات الدائرية، مثل صور فوهات براكين على كوكب رمادي. أول مشهد لدى الاستيقاظ. كان

على الطفل أن يجتاز المدينة حتى «بورتا ريال»، حيث يتسلم نسخ «صوت غاليسيا». أحيانًا، في الشتاء، يجري راكضًا لكي يُبعد البرد عن قدميه. كان أبوه قد صنع له نعلًا من قطع إطار سيارة. وعندما يركض الطفل، يحاكي صوت نفير سيارة، روون روون روون، لكي يشق طريقه وسط الضباب.

الجميع يعرفون أن قطار مدريد السريع يصل متأخرًا جدًا. ولم يكن الطفل يفهم لماذا يسمون ذلك تأخيرًا، ما دام القطار يصل بدقة، بعد ساعتين من موعده. ولكن الجميع هناك - سائقو سيارات التاكسي، الحمالون، والعجوز «بيتون» - كانوا يقولون: «يبدو أنه سيصل متأخرًا». إنهم هم، الموغلون في خطئهم، من يأتون في وقت خطأ. لو أنهم يتقبلون الواقع، فإنه سيتمكن من النوم أكثر قليلًا، ولا يكون عليه أن يجتاز الضباب مطلقًا نفيره الوهمي.

قال له العجوز «بيتون»:

«أجل، بالطبع. ولكن، ماذا لو جاء القطار في موعده يومًا؟». «أتظن نفسك ذكيًا؟ آه منك أيها العنيد».

إنه يحب أن يبيع السجائر. ولكن هذا العمل يقوم به العجوز «بيتون» الذي كان ماسح أحذية قبل ذلك. إنه يبيع التبغ ويبيع كل شيء. معطفه مخزن كبير يضم تشكيلة لا يمكن تصورها من أنواع السجائر. ولهذا فإنه يرتديه حتى في الصيف. أما الطفل فلا يبيع إلا الصحف. واليوم يمكن أن يكون يومًا طيبًا إذا ما اشترى صحفه بعض أولئك الرجال.

سيبيع حصته من الجرائد لهم ولركاب القطار السريع، ولا يكون عليه أن يمضي مناديًا في الشوارع. وفي طريق عودته سيتمشى واضعًا يديه في جيبيه، وسيشتري زجاجة شرابٍ غازي.

ولكن أيًا من أولئك الرجال الذين يمضون في رتل لن يشتري الصحيفة. واحد فقط، طويل القامة، يرتدي بدلة قديمة من دون ربطة عنق، ويحمل حقيبة جلدية مهترئة زواياها. توقف لحظة، ونظر إلى الصفحة الأولى. عنوان بحروف كبيرة: ««هتلر» و«فرانكو» يلتقيان». وواصل الرجل، ذو البدلة التي بلا ربطة عنق والحقيبة الجلدية، القراءة بينما هو يبتعد. مقدمة الخبر المطبوعة بحروف بارزة: «عقد «الفوهرر» اليوم لقاءً مع رئيس الدولة الإسباني، «الجنرال الأكبر فرانكو»، على الحدود الإسبانية الفرنسية. وقد ساد اللقاء جو الرفاقية القائم بين البلدين». ولأن الخبر يهمه كما يبدو، فسوف يكون بإمكان الرجل، إذا ما اشترى الجريدة، أن يجد في الصفحات الداخلية تعليقًا من وكالة أنباء «إفي» الرسمية تشير فيه إلى أن ««الكاوديو فرانكو»، الشخصية الفذة والسامية، قد أكد لأوروبا والعالم، في مقابلة تاريخية مع «الفوهرر»، على الإرادة الإمبريالية لوطننا». ولكن ذلك الرجل لا يستطيع فتح الجريدة، لسبب بسيط هو أنه ضمن الرتل، وإن كان الأخير فيه تقريبًا، إذ لا يوجد وراءه سوى حارس يعتمر قبعة مثلثة الحواف ويرتدي معطفًا، ويمضي مسلحًا ببندقية، لم يتوقف أمام الصبي بائع الصحف، وإنما تابع مراوحة الخطى.

لم يكن مقررًا خروج أي قطار نظامي في هذا الوقت، ولكن كانت تقف في هذا الصباح قافلة عربات على الخط الرئيسي. إنها عربات مغلقة بأخشاب، من تلك المستخدمة في نقل البضائع والمواشي. اصطف الرجال على الرصيف، ووضعوا على الأرض حزم الملابس الصغيرة التي يحملونها. راح أحد الحراس يعدُّهم مطلقًا بصوت عالٍ رقم كل منهم. وفكر الطفل في أنه إذا ما سمي برقم، فإنه يفضل أن يكون الرقم ١٠، وهو رقم «تشاتشو»، لاعب كرة القدم المفضل لديه، ذاك الذي كان يقول: «يجب تمرير الكرة وكأنها مربوطة بخيط!»، ولكن حارسًا آخر ظهر من جديد، مختلفًا عن السابق، وأحصاهم ثانية. ومرَّ كذلك أحد العاملين في المحطة وهو يصيح بالأرقام، وكان هذا أسرع بكثير، وكأنه ينافس السابقين. «ربما اختفى أحدهم»، فكر الصبي، ونظر فيما حوله، وتحت العربات. ولكنه وجد العجوز «بيتون» الذي قال له:

«إنهم سجناء أيها العنيد. سجناء مرضى. مسلولون».

وبصق على الأرض ثم داس على بصقته، مثلما تداس الحشرات التي تداس عن عمد.

من المكان الذي كان يقف فيه، مشكلًا خطًّا مستقيمًا مع البوابة الرئيسية، وصالة شباك التذاكر في الوسط، كان بإمكان الصبي بائع الصحف، أن يرصد من يدخل إلى المحطة. ومن الطبيعي إذًا أن يرى المرأتين مذ نزلتا من سيارة الأجرة.

إحداهما متقدمة في السن، ولكنها ليست عجوزًا، والأخرى أكثر شبابًا، ولكنهما ترتديان ملابس متشابهة، وكأنهما تتشاركان بالملابس وإصبع طلاء الشفاه. حسن، فكر الصبي بائع الصحف، «هاتان المرأتان لهما كل مظهر من سيشتري الجريدة». لأنه كان يحدس من سيشتري ومن لن يشتري الجريدة، بمجرد رؤية الناس، مع أنه كان يخطئ أحيانًا بالطبع، بل كانت تقع بعض المفاجآت أحيانًا. ففي إحدى المرات مثلًا، اشترى منه الصحيفة رجل أعمى. وفضلًا عن المسافرين، كان لديه بعض الزبائن الثابتين والخاصين جدًا، إنهم زبائنه الدائمون: بائعة الزهور الحافية، وبائعة السمك وبائع الكستناء. من المؤكد أن صحفيين كثيرين يجهلون الفائدة الكبرى للصحف. فبائع الكستناء مثلًا، يصنع منها عبوات مخروطية شديدة الإتقان، مثل الأزهار الاصطناعية التي تبيعها بائعة الزهور الحافية.

«هاتان الآنستان ذواتا الوجهين المغسولين»، فكر الآن صبي الصحف، «ستشتريان مني جريدة بالتأكيد». ولكنه أخطأ. ربما كان هو السبب، لأن الشابة منهما التفتت في أول الأمر إلى ندائه، بل بقيت مسمَّرة أمام الصفحة الأولى التي تحتوي الصورة التاريخية لـ«الفوهرر وفرانكو». ولكنها حادت ببصرها بعد ذلك نحو الرصيف، وخطر له عندئذ أن يقول:

«إنهم سجناء يا آنسة. سجناء مرضى. مسلولون».

وتردد في أن يبصق على الأرض، مثلما فعل العجوز

«بيتون»، ولكنه لم يفعل ذلك لعدم توفر الثقة، ولأن المرأة نظرت إليه كذلك فجأة بعينين باكيتين، كما لو أن حبة رمل قد دخلت فيهما، وانطلقت تركض نحو الرصيف، كأنها مدفوعة بنابض. فملأ حذاؤها ذو الكعب كل أرجاء المحطة بالصدى، بل بدا كما لو أنه يهز عقرب الدقائق من سباته.

رأى صبي الصحف كيف راحت المرأة الشابة تجول مغمومة على صف المعتقلين، من دون أن تعد أرقامًا، وكيف عانقت أخيرًا الرجل ذا البدلة العتيقة ومن دون ربطة عنق. الآن ظَلَّ كل شيء في المحطة متوقفًا، أكثر توقفًا مما هو عليه عادة، لأن المحطة تكتسب مع ضجة وصول القطارات أو خروجها أجواء زقاق مسدود. كل شيء خارج الزمن، في الساعة المتوقفة، باستثناء هذين المتعانقين. إلى أن خرج ملازم من تمثاله، وتوجه نحوهما وفصل أحدهما عن الآخر، مثلما يفصل المُشذِّب قبضات من النباتات.

وأخيرًا، مرَّ حارس يعدُّ ببطء شديد، وكأنه لا يهمه أن يفكروا في أنه لا يعرف العدَّ، وكان وهو يفعل ذلك، يشير إلى المعتقلين بقلم ثخين وأحمر.

«إنه مثل القلم الذي يستخدمه جدي»، فكر الصبي بائع الصحف. «إنه قلم نجّار».

١٧

«تعانقا في المحطة». قال «هيربال» ذلك لـ«ماريا دا فيسيتاساو»، وأضاف: «لم يتحرك أي منهما. ولم نعد ندري ما نفعل. وهكذا ذهب الملازم وفصل بينهما. أبعد أحدهما عن الآخر. مثلما يفعل المُشذِّب بالنباتات المتشابكة.

كنت قد رأيتهما في مثل ذلك الوضع في مناسبة أخرى، من دون أن يتمكن أحد من الفصل بينهما.

كان ذلك في اليوم الذي اكتشفتُ فيه أنهما متحابان. ولم أكن قد رأيتهما معًا من قبل، ولم أكن لأتصور بأن «ماريساماللو» و«دانييل دا باركا» سيشكلان ثنائيًّا عاشقًا. هذا شيء ينفع في الروايات، ولكنه لا ينفع لواقع ذلك الزمان. لأنه كان أشبه بإلقاء بارود في المبخرة.

الحقيقة أنني وجدتهما مصادفة، بينما كنت أتمشى عند الغروب، في حديقة ورود «سنتياجو»، وقررت ملاحقتهما. كان ذلك في أواخر الخريف، وكانا يتبادلان الحديث بحماسة، من دون أن يلمس أحدهما الآخر، ولكنهما كانا يتقاربان أكثر،

كلما أثارت هبَّات الريح أسرابًا من الأوراق الجافة. وفي ممر أشجار الحور التقطا صورة، واحدة من تلك الصور التي تخرج محاطة بقلب. وكان لدى المصور دلو ماء، يغسل فيه الصور. بدأ المطر يهطل، وركض الجميع نحو مقصورة الموسيقى، أما أنا فاحتميت بالمراحيض العامة التي كانت هناك. تخيلتهما يضحكان، جسداهما يتلامسان تلامسًا خفيفًا، بينما الهواء يجفف الصورة. وعندما توقف المطر، وكان الغروب قد حلَّ، عدت لأتبعهما عبر شوارع المدينة القديمة. وكان مشوارًا بلا نهاية، من دون ملامسة أو مداعبات، فبدأت أَملُّ. إضافة إلى أن المطر عاد للهطول من جديد. مطر «سنتياجو» هذا الذي يتغلغل حتى الشعيبات الهوائية، فيشعر أحدنا بأنه كائن برمائي. وتطلق حتى الخيول الحجرية ماءً من أفواهها».

«وماذا حدث؟»، سألت «ماريا دا فيسيتاساو» بجزع، غير عابئة بالخيول التي تطلق ماء من أفواهها.

«على الرغم من المطر وكل شيء، توقفا وسط «كينتانا دوس مورتوس». لا بد أنهما كانا مبللين، لأني كنتُ أقطر ماء، مع أنني كنت أمضي تحت الأروقة المسقوفة. وفكرتُ: إنهما مجنونان، سيصابان بذات الرئة. يا لَلعنة مع هذا الطبيب! وعندئذ حدث ذلك. مسألة «البيرينجويلا»».

«وما البيرينجويلا؟»».

«إنه ناقوس. «البيرينجويلا» هو ناقوس في الكاتدرائية، يطل على «كينتانا». مع دقة الناقوس الأولى، تعانقا. وبدا كما

لو أنهما لن ينفصلا أبدًا، لأن الناقوس كان يعلن الثانية عشرة. ودقات «البيرينجويلا» بطيئة جدًّا، بحيث يقال إنها مناسبة لمنح نبيذ البراميل طعمًا مضبوطًا، ولكنني لا أعرف كيف لا تسبب الجنون لكل الساعات».

«وكيف كانا «يتعانقان» يا «هيربال»؟»، سألته فتاة ملهى العاهرات.

«لقد رأيتُ رجلًا وامرأة يفعلان كل شيء، ولكن هذين كان يشرب كلٌّ منهما الآخر. كانا يلحسان الماء بشفاههما وبلسانيهما. يرشفان الأذنين، ومحجر العينين، والعنق بدءًا من الصدر إلى أعلى. كانا مبللين إلى حدٍّ لا بد أنهما شعرا معه بأنهما عاريان. وكانا يتبادلان القُبلات مثل سمكتين».

وفجأة رسم «هيربال» بالقلم خطين متوازيين على المنديل الورقي الأبيض. ثم قاطعهما بخطين آخرين أثخن وأقصر. العوارض.

القطار، القطار الضائع في الثلج.

حدَّقت «ماريا دا فيسيتاساو» في بياض عينَي «هيربال». بياض يميل قليلًا إلى الصفرة، مثل دهن مُدَخَّن. فوق هذه الخلفية، تزداد القزحية تأججًا في لحظات الصمت، كأنها جمرة. وربما أحرز بياض شعره، لو أنه يتركه ينمو، نفحة وقار، ولكنه يبدو رماديًّا قاتمًا بقَصته الجائرة كمجند جديد. إنه رجل تقدمت به السن، إنما لا يمكن القول إنه عجوز. ولكن بنيته نحيلة ومشدودة، مثل خشب تملؤه العُقد ويضرب

إلى الحمرة. لقد بدأت «ماريا دا فيسيتاساو» في التفكير في العمر لأنها كانت قد أتمت العشرين من عمرها في شهر أكتوبر. وهي تعرف أناسًا متقدمين في السن، يبدون أصغر بكثير مما هم عليه، بفضل نوع من الميثاق السعيد وغير المبالي مع الزمن. وهناك أشخاص آخرون، مثلما هي حال «مانيلا»، صاحبة المحل، لهم علاقة مثيرة للشجون مع السن، يحاولون إخفاء آثارها، في مسعى بلا طائل، لأن زينتهم، وملابسهم الضيقة، وإفراطهم في الحلي، لا تفعل شيئًا سوى إبراز العكس. ولكنها لا تعرف سوى شخص واحد، وهو «هيربال»، يبدو أكثر شبابًا بقدرة القضاء والقدر. ليس من المعروف على وجه الدقة إذا ما كان سبب اختناقاته هو أنه يريد أن يأخذ نفسًا أو لا يريد. هذا الغضب ضد مرور الزمن البطيء، يظهر جليًّا في اللحظات الصعبة، في الليل. إذ يكفي عندئذ أن يوجه بندقية نظرته، من وراء البار، لكي يجعل أكثر الزبائن صلفًا يدفع النقود من دون أن ينبس ببنت شفة.

«في بعض الأحيان، عندما أستيقظ مختنقًا، يراودني إحساس بأننا لا نزال هناك، متوقفين على خط سكة حديد مغطى بالثلج، في مقاطعة «ليون». وبأن هناك ذئبًا ينظر إلينا، ينظر إلى قافلة العربات، فأخفض نصف النافذة، وأوجه البندقية المستندة إلى الزجاج، ويقول لي الرسَّام: «ولكن، ما الذي تفعله؟». فأقول له: «ألا تراه؟ سأقتل ذلك الذئب». فيقول لي: «لا تفسد الرسم. فقد كلفني جهدًا كبيرًا».

ويدور الذئب على أعقابه، ويتركنا وحيدين، على خطوطٍ حديدية ميتة».

«هناك آخر يا سيدي»، يقول الحارس للملازم. «في العربة التاسعة».

الملازم يجدف، مثلما يفعل في مواجهة عدو غير مرئي. فالعدد ثلاثة لا يروقه عندما يتعلق الأمر بموتى. لأن ميتًا واحدًا هو ميت وحسب. والميت الثاني هو لمرافقة الأول. وقد بقي غير مبالٍ آنذاك. ولكن ابتداء من الميت الثالث، صارت هناك كومة من الموتى. إنها قضية. لقد كان رجلًا شابًّا. لعن تلك المهمة الخالية من أدنى قدر من المجد. قيادة قطار منسي، محمل بالهزيمة والسُّل، ومتوقف فوق ذلك، بفعل قصف مجنون وسخيف من الطبيعة. أسمال من بقايا الحرب. أبعد عن ذهنه فرضيةً تبعث الرعشة: لا يمكنه الوصول إلى مدريد حاملًا على كاهله موكب جنازات.

«أصبحوا ثلاثة موتى. أي لعنة تحدث؟!».

«إنهم يختنقون بالدم. تباغتهم نوبة سعال، فيختنقون بدمهم».

نظرة صاعقة: «أعرف ذلك. لا حاجة بك لأن توضحه لي. وماذا عن الطبيب؟ ما الذي يفعله الطبيب؟».

«إنه لا يتوقف عن العمل يا سيدي. ينتقل من عربة إلى أخرى. لقد أرسلني لأقول لك إنه لا بد من إخلاء العربة الأخيرة وتخصيصها للجثث».

«افعلوا ذلك إذن. وسأذهب أنا وهذا» ـ وأشار إلى «هيربال» ـ «إلى هذه المحطة الملعونة. ونبهوا السائق. سنحرك هذا القطار حتى ولو اضطررنا إلى إطلاق الرصاص».

نظر الملازم إلى الخارج بقلق. في أحد الجانبين السهب، أبيض كالعدم. وفي الجانب الآخر «أركيولوجيا» جليدية من عربات متوقفة، وعنابر تبدو كأنها أضرحة لهياكل السكة الحديد العظمية.

«هذا أسوأ من الحرب!».

كانوا قد جمعوا في ذلك القطار السجناء المسلولين، ممن أصبح المرض لديهم متقدمًا، من سجون شمالي «غاليسيا». ففي بؤس ما بعد الحرب، كان داء الصدر ينتشر مثل وباء، وتزيد من خطورته رطوبة الساحل الأطلسي. وكانت الوجهة النهائية لهؤلاء هي مصح خيري في جبال «بلنسيا». ولكن لا بد من الوصول إلى مدريد قبل ذلك. وكان يمكن في ذلك الزمان لقطار مسافرين أن يستغرق ثماني عشرة ساعة ما بين «كورونيا» ومحطة الشمال في العاصمة.

«كان قطارنا يسمى «قطار شحن خاص»»، قال «هيربال» لـ «ماريا دا فيسيتاساو». «ويا له من خاص!».

«عندما صعد السجناء إلى العربات، كان كثيرون منهم قد أكلوا المؤن الغذائية: علبة سردين. وأعطيت لهم بطانية للتدثر بها. وقد ظهر الثلج لهم ابتداء من مرتفعات «بيتانثوس» ولم يتركهم حتى مدريد. استغرق قطار الشحن الخاص سبع

ساعات على الأقل للوصول إلى «مونفورتي»، عقدة السكك الحديد التي تصل «غاليسيا» بالهضبة. ولكن الأسوأ فيما بعد. عند اجتياز جبال «ثامورا» و«ليون». عندما توقف القطار في «مونفورتي»، كان الظلام قد بدأ يخيم. وكان السجناء يرتجفون من البرد والحمى في الوقت نفسه.

وأنا أيضًا كنت أرتجف»، أخبرها «هيربال». «فنحن، أفراد مفرزة الحراسة، كنا في عربة مسافرين، فيها مقاعد ونوافذ، وراء القاطرة مباشرة. وكانت قاطرة بخارية تقطر بمشقة، وكأنها مصابة كذلك بداء الصدر.

أجل، أنا ذهبت متطوعًا. تقدمت متطوعًا فور أن علمت بخبر ذلك القطار الذي ينقل المسلولين إلى مصح خيري في الشرق الإسباني. لقد كنت مقتنعًا بأنني مصاب بالداء نفسه، ولكنني كنت أخفي ذلك طوال الوقت، وكنت أتفادى الفحوص الطبية، وهو أمر كنت أتوصل إليه بسهولة بالغة. فقد كنت أفكر في أنهم إذا ما اكتشفوا مرضي، فسوف يقيلونني مقابل راتب بائس، وسأبقى خارج اللعب إلى الأبد. ولم أكن أرغب في العودة إلى القرية، حيث أبي، ولا إلى بيت أختي. المرة الأخيرة التي تحدثت فيها مع أبي كانت لدى عودتي من «أستورياس». تجادلنا كثيرًا. وقد رفضتُ الخروج للعمل معه، قلت له إنني في إجازة وإنه حيوان. وعندئذ رد عليَّ أبي بهدوء غير معهود: «أنا لم أقتل أحدًا. عندما كنا شبابًا، وأرادوا تجنيدنا للذهاب إلى المغرب، هربنا إلى الجبل. أجل، أنا

حيوان، ولكنني لم أقتل أحدًا. واعتبر نفسك سعيدًا إذا ما استطعت أن تقول هذا حين تصبح عجوزًا!». وكانت تلك هي المرة الأخيرة التي تحدثت فيها مع أبي.

عندما علمت بمسألة القطار، لجأت مجددًا إلى الرقيب «لانديسا»، وكان قد ترفع في ذلك الحين. أرجوك يا سيدي. رتب لي الأمور لأتمكن من البقاء هناك، ضمن حراسة المصح. أريد استبدال الجو بعض الوقت. وإلى هناك سيذهب ذلك الطبيب، الدكتور «دا باركا»، هل تتذكره؟ أظن أنه لا يزال على اتصال بالمقاومة. وسأبقيك على اطلاع على كل شيء بالطبع».

اقترب الملازم و«هيربال» وسائق القطار من مبنى محطة «ليون». كان الثلج يغطي أحذيتهم. نفضوه عنها على الرصيف. كان الملازم يطلق شررًا. سيناقش الأمر مع مدير المحطة، وسيجعله يقف أمامه متأهبًا. ولكن ضابطًا برتبة رائد خرج من المكتب. والملازم الذي فوجئ، تأخر في الوقوف متأهبًا. نظر إليه الرائد بصرامة، منتظرًا تلقي تحية الاحترام التي تتطلبها المراتبية العسكرية قبل أن يتكلم. ضرب الملازم كعبيه، ووقف متأهبًا، وحيا الرائد بدقة آلية. «رهن أوامرك سيدي الرائد». كان البرد شديدًا، ولكن جبهته كانت مغطاة بالعرق. «إنني آتٍ على رأس القطار الخاص و...».

«القطار الخاص؟ عن أي قطار تحدثني أيها الملازم؟».

ارتعش صوت الملازم. لم يعد يعرف من أين يبدأ.

«قطار، قطار المسلولين يا سيدي. لدينا ثلاثة موتى».

«قطار المسلولين! ثلاثة موتى! ما الذي تحدثني عنه أيها الملازم؟».

فيحاول سائق القطار أن يتكلم: «يمكنني أن أوضح لك الأمر يا سيدي». ولكن الرائد يأمره بأن يصمت، بحركة نزِقة.

«سيدي، لقد خرجنا منذ ثمان وأربعين ساعة من «كورونيا». إنه قطار خاص. ننقل سجناء، سجناء مرضى. مسلولين. كان علينا الآن أن نكون في مدريد. ولكن حدث خطأ ما. لقد فتحوا لنا الطريق في «ليون»، ولكن بانحراف نحو الشمال. عدة ساعات يا سيدي. وعندما انتبهنا إلى ذلك، رجعنا. ولكن الأمر لم يكن سهلًا يا سيدي الرائد. ومنذ ذلك الحين، ونحن ننتظر على خطوط ميتة. لقد قيل لنا إن هناك قطارات خاصة أخرى».

فقال الرائد بتهكم: «إنها موجودة فعلًا أيها الملازم. يجب أن تعلم ذلك. يجري الآن تعزيز الساحل الشمالي الشرقي. أم إنك لم تسمع بعد بوقوع الحرب العالمية الثانية؟».

ثم استدعى عامل تنظيم الحركة.

«ماذا لديك من معلومات عن قطار يحمل مسلولين؟».

«قطار مسلولين! لقد سمحنا له بالمرور يوم أمس يا سيدي».

كان هناك خطأ، أراد الملازم أن يوضح الأمر من جديد. ولكن انتبه إلى أن نظرة الرائد تتوجه شاردة إلى الخطوط الحديدية.

مترنحًا، بمشية متعثرة ومتجرجرة بسبب الثلج، اقترب موكب يضم رجلًا مع حملة محفة. وقبل أن يؤكد له ذهنه تلك الرؤية، حَدَس هو نفسه ما الذي يحدث. لقد كان ذلك الدكتور اللعين يمضي في المقدمة، يحرسه اثنان من رجال الحراسة. وبينما هم يقتربون، ربط الملازم «جويانيس» ذلك المشهد البطيء بصور أخرى حديثة. العناق المستسلم في المحطة، والذي فصله هو بكماشة يديه، مشوشًا من تلك القبلة المديدة التي زعزعت ركائز الواقع مثل زلزال. والمحادثة التالية في القطار، ومناورة ساخرة للتقارب. كان يحاول تبرير تصرفه بلمسة تهكمية، من دون أن تظهر فيها لمحة اعتذار:

«كان لا بد لأحد من الفصل بينكما. ولو تركتُ الأمر لك، لكنتَ أبقيتنا هناك طوال الليل. ها، ها. أهي زوجتك؟ إنك رجل محظوظ».

انتبَه إلى أن لكل ما يقوله معنى مزدوجًا جارحًا. ولم يرد عليه الدكتور «دا باركا»، وإنما بدا كما لو أنه لا يسمع إلا قرقعة القطار الذي يُبعده عن عناقه الحار، وعن الحديث مع الأنثى. كان الملازم قد أمره بأن يتخذ مقعدًا في عربته. فهو مسؤول في نهاية المطاف عن هذه الرحلة أيضًا. ولديهما أمور يتبادلان الحديث فيها.

بعد اجتياز النفق الكبير الذي يمحو الأفق العمراني، توغل القطار في المياه الخضراء والزرقاء لمصب نهر «بورجو». رَمَشَ الدكتور «دا باركا»، وكأن ذلك البهاء يؤلم

١٤٧

عينيه. ومن زوارقهم ذات «الرانيو» الطويلة، كان صيادو المحار يجرفون القاع البحري. توقف أحدهم عن العمل، ونظر إلى القطار، واضعًا يده كواقية لعينيه، وهو ينتصب واقفًا فوق تأرجح البحر. تذكر الدكتور «دا باركا» صديقه الرسَّام. فقد كان يحب رسم مشاهد العمل في الريف وفي البحر، ولكن ليس بتلك النمطية الفولكلورية التي تجملها، كمشاهد رعوية شاعرية. فالناس في لوحات صديقة الرسَّام، يبدون مندمجين بالأرض والبحر. وتبدو الوجوه مخددة بالمحراث نفسه الذي يشق الأرض. كان الصيادون أسرى الشِّباك نفسها التي تصطاد الأسماك. وجاءت لحظة تفككت فيها الأجساد. أذرع مناجل طويلة. عيون بحر. أحجار وجه. أحس الدكتور «دا باركا» بالتعاطف مع صياد المحار المنتصب في زورقه، متأملًا القطار. ربما هو يتساءل إلى أين يمضي، وماذا يحمل. البعد وضجيج القطار، لن يتيحا له سماع ترتيلة السعال المؤثرة التي تتردد في قذارة عربات شحن المواشي، مثل دفوف جلدية مضمخة بالدم. المشهد أوحى له بأسطورة: غراب البحر الذي يحوم فوق صياد المحار، ينقل بنعيبه لاسلكيًّا حقيقة القطار. تذكر مرارة صديقه الرسَّام، عندما لم يعد يتلقى مجلات الفن الطليعي التي كانت تُرسل إليه من ألمانيا: أسوأ داء يمكن أن تصيبنا عدواه، هو إلغاء الوعي. فتح الدكتور «دا باركا» حقيبته، وأخرج منها كراسًا ذا غلاف مهترئ، «الجذور البيولوجية للشعور الجمالي»، تأليف الدكتور «نوفوا سانتوس».

جلس الملازم «جويانيس» قبالته. نظر بطرف عينه إلى غلاف الكتيب. وقدَّر بينه وبين نفسه: لا بد أن هذا الدكتور «دا باركا» يكبره بعض الشيء في السن، ولكن ليس كثيرًا. بعد حادثة الانطلاق، عندما أخبروه بأنه الطبيب، اتخذ منه موقفًا ودودًا، ولكن مع الحفاظ على فوقية قائد الرحلة. ومن دون أن يهتم الآن بقطع قراءة الآخر، راح يخبره بأنه هو أيضًا كان طالبًا جامعيًّا، وأنه درس الفلسفة سنوات، قبل أن يلتحق بجيش «فرانكو» كضابط مؤقت. ثم قرر بعد ذلك مواصلة امتهان الحياة العسكرية. «الفلسفة!»، هتف بنبرة ساخرة. «وأنا أيضًا شعرت بالانجذاب إلى «ماركس»، وكل أنبياء الاتجاه الاجتماعي أولئك. مثل «الدوتشي موسوليني». لقد كان اشتراكيًّا، هل تعرف ذلك؟ أجل، أنت تعرف بالطبع. إلى أن حلَّ ذلك اليوم المبارك الذي ظهر فيه الفيلسوف المحارب. دافن الحاضر. وهو مَن حررني من الوقوع في قطيع العبيد».

واصل الدكتور «دا باركا» القراءة، متجاهلًا إياه عن عمد، ولكن الملازم كان يعرف الطريقة التي يدفعه بها إلى الكلام.

«وتحولتُ عندئذ من الاهتمام بالقرود إلى الاهتمام بالآلهة».

لقد أصاب. فقد ترك الدكتور الكتاب أخيرًا، ونظر إليه مواجهة:

«لا يمكن لأحد أن يصدق ذلك أيها الملازم».

فأطلق الملازم قهقهة، وربت له على ركبتيه.

«هكذا تعجبني»، قال وهو ينهض واقفًا، «إنك أحمر. لا تزال تشغل نفسك بالقرود».

ولم يعد لديه متسع لمزيد من المزاح. فقد أخذت الأمور تتعقد كما لو أن الشيطان هو من يقود قافلة العربات. ففي «مونفورتي»، لم تصل الأطعمة الموعودة للسجناء. ثم جاءت تلك المحنة في الجبال الثلجية. وكان الطبيب يتنقل، من دون راحة، من عربة إلى أخرى. المرة الأخيرة التي رأيته فيها، كان يجلس القرفصاء ويمسح، على ضوء قنديل، الدم القاتم المتخثر بين أشواك لحية الميت الأول.

كان شعر الدكتور الآن أبيض بندف الثلج. تقدم أحد الحراس لتقديم تفسيرات: «لقد قال لنا إنها مسألة حياة أو موت يا سيدي، وإنك قد خولته بعمل ذلك». وأمام الرائد، في المحطة المجلودة بالعاصفة الثلجية، فكر الملازم في أنه مضطر إلى تقديم دليل على سلطته. فتناول فجأة بندقية الحارس، وطرح الدكتور «دا باركا» أرضًا بضربة من عقبها.

«ليس لديك إذن مني!».

وبينما هو مطروح على الأرض، مرَّ الدكتور بظاهر كفه على خده. كان ينزف في موقع الضربة. وبهدوء، تناول حفنة من الثلج، وضعها على الجرح كبلسم. زيت من دم وثلج، يقول الرسَّام في رأس «هيربال». «إنه مرهم التاريخ. لماذا لا تساعده على النهوض؟».

فيتمتم الحارس: «أنت مجنون».

«ساعده، ألا ترى أنه يفعل كل هذا ليُخرجنا من هذه الورطة اللعينة؟».

يتردد العريف «هيربال». ثم يتقدم فجأة، ويمد يده إلى الجريح، ليتمكن من النهوض.

وقال «هيربال» لـ «ماريا دا فيسيتاساو»: «بدا رد فعله متفاجئًا جدًّا. ربما تذكر يوم اعتقاله، عندما وجهتُ إليه تلك الضربات. ولكنه ردَّ الضربة إلى الملازم بحدِّ نظرته. وقد كان متفوقًا في هذا الأمر. فترك الآخر صاغرًا».

السعال. والتفت مدير المحطة نحو المريض الذي على المحفة، كما لو أنه يسمع رنين جرس الهاتف ذي ذراع التدوير.

ويقول الرائد، وهو يُبعد الملازم جانبًا:

«ولكن، أي لعنة تجري هنا؟».

فيقول له الدكتور «دا باركا»: «هذا الرجل مصاب بحالة تقيؤ دم دراماتيكية. ويمكن له أن يختنق بدمه في أي لحظة. لقد مات معنا ثلاثة حتى الآن».

«وما الذي ترمي إليه بإحضاره إلى هنا؟ إنني أعرف ما هو السُّل. وإذا كان الرجل سيموت، فلا بد أن يموت. فأقرب مستشفى إلينا هو في جهنم الخامسة».

«هناك أمر واحد فقط يمكن عمله. من دون إضاعة الوقت. إنني بحاجة إلى غرفة جيدة الإضاءة، ومنضدة، وماء يغلي».

هناك على منضدة مدير المحطة، زجاج فوق الخشب. والزجاج يغطي خريطة لخطوط سكك الحديد الإسبانية. ألقوا فوق المنضدة فراشًا ووضعوا عليها المريض. وفي قِدر الموقد بدأ الماء يغلي، وفيه إبرة الحقنة. كان إيقاع الفقاعات شبيهًا بتنفس المريض. وبينما «هيربال» يشهد الإعدادات لتلك العملية من دون تخدير، حاول أن يسمع صوت صدره بالذات. دغدغات البحر على إسفنج الرمل. عجن اللعاب في حلقه، ليرى إن كان سيشعر بمذاق الدم الحلو. الرسَّام وحده هو الذي كان يعرف غمَّه، سرَّ المرض الخفي. كان يرصد الأعراض على الآخرين. كان يتظاهر بعدم المبالاة، ويلتقط أي تعليق طبي حول داء الصدر. ويتعلم من كل إشارة من جسده.

«الجيل المعتل!»، أفضل الفنانين الغاليسيين ماتوا في ريعان الشباب، هذا ما كان قد قاله له الرسَّام. «المنجل طويل الذراع فني جدًّا في «غاليسيا» يا«هيربال». إذا كنت مصابًا، فإن الداء لديك هو داء شهير».

وكانوا جذابين جدًّا، لهم جمال الكآبة. وكانت النساء يهمن بهم إلى حد الجنون.

«شكرًا يا رجل!»، قال الحارس. «هذا عزاء».

«ولكن هذا لا ينطبق عليك، يا «هيربال»».

دقق الآن في المريض، كان مستلقيًا فوق منضدة مدير المحطة. لقد كان شابًّا فتيًّا جدًّا. ولكن هناك في تعبير عينيه

سائلًا قديمًا. إنه يعرف قصته. اسمه «سيان». وهو منشق. كان قد هام على وجهه طوال ثلاث سنوات، هاربًا في جبل «بيندا»، حيث عاش كحيوان جبلي. مثل عشرات الرجال - المناجذ في تلك الكهوف. إلى أن اكتشفوا رموز الإشارات. الغسَّالات كن متواطئات معهم، يكتبن رسائل على الشجيرات، بألوان خِرقهن.

«ماذا ستفعل له؟»، سأل الرائد.

«استرواح صدري»، قال الدكتور «دا باركا»، «استرواح صدري من دون تخدير. المسألة تتمثل في إدخال هواء إلى الصدر لضغط الرئتين، ووقف النزيف».

وعلى الفور، أعدَّ الحقنة، نظر بهدوء إلى «سيان» وغمز له بعينه، في إيماءة مشجعة.

«فلنخرج من هذا الأمر، ما رأيك يا صاحبي؟ إنها وخزة بين الأضلاع وحسب».

هكذا. وخزة وحسب. لسعة نحلة في صدر أسد.

ولكن الطبيب صمت بعد ذلك. راح يغرس الإبرة ببطء شديد. مستغرقًا تمامًا، كما لو أنه يلتقط صورة شعاعية بعينيه، كما لو أنه يتابع مسار الإبرة المليمتري. «هيربال» هو أحد مَن يثبتون المريض. وهذا الأخير يغمض عينيه، يغرس أظفاره براحة يده. يبقى الطبيب جامدًا، والإبرة مغروسة، متيقظًا لكير الصدر. على منضدة ناظر المحطة، من كهوف ذلك الرجل، كان يخرج صوت نوافير، أُرْغُن الريح.

وروى «هيربال» لـ«ماريا دا فيسيتاساو»: «انطلق القطار في ذلك المساء بالذات. مرَّ على الفور عبر كل المحطات. القطار الضائع في الثلج هو الآن قطار أشباح. لا أحد يدنو منه في توقفاته القصيرة. كان بعضنا يخرجون بحثًا عن المؤن. ونرجع بأيدٍ خاوية. كل المحطات كانت تعبق برائحة الجوع»، قال «هيربال» ناظرًا إلى عبوة ملطف الجو فوق المنضدة. ثم أضاف: «على الرغم من كل ذلك، ما زلت أتذكر تفصيلًا. ففي «مِدينا دل كامبو»، طرق رجل النافذة وحيا «دا باركا». ثم اختفى بعد ذلك، وعندما بدأ القطار بالتحرك، رجع حاملًا كيسًا من الكستناء. تلقفته من الهواء تقريبًا، وأنا عند باب العربة. وصرخ الرجل: «إنها للدكتور!»، كان رجلًا ضخمًا، ذا هيئة مقطوعة. إنه «جنكيز خان». وبين الكستناء، كانت هناك محفظة. وفكرتُ: لا بد أنه نَشَلها هنا بالذات، في المحطة. كنت سأحتفظ بها لنفسي، ولكنني أخذت، في النهاية، نصف الأوراق النقدية منها، وأعطيت الكيس للدكتور».

«وماذا جرى لذلك الشاب، المنشق؟»، سألتْ «ماريا دا فيسيتاساو» بلهفة.

«توفي في «بورتا كويلي». أجل، توفي في ذلك المصح الذي يدعونه «بورتا دل ثيلو»، بوابة السماء».

١٨

كان الدكتور «دا باركا» يكتب رسالة حب. ولهذا كان يشطب كثيرًا. فكر بأن اللغة، في هذا النوع من الكتابة، تتكشف عن فقر مدقع، وأحس أنه يفتقر إلى استهتار شاعر. إنه يمتلكه عندما يخص الأمر سجناء آخرين. فجزء من أسلوبه في العلاج يتمثل في تشجيعهم على تذكُّر حبيباتهم، وإرسال بعض الكلمات إليهن بالبريد. وكان يقدم لهم يده، ليكتب بمزاج رائق بعض تلك الرسائل. «اسمها «إيسولينا» يا دكتور». «إيسولينا»؟ «إيسولينا»... رائحة ليمون أخضر وبرتقال مندرين... ما رأيك؟».

«سيروقها هذا يا دكتور. فهي محبة للطبيعة جدًّا».

أما عندما تكون الرسالة منه فإنه يشعر، حقًّا، بأن كل رسائل الحب مضحكة. إنه يصاب بالذهول أحيانًا لما يمكن لمريض أن يقوله حذلقة. «قل لها يا دكتور ألا تقلق عليَّ. فأنا لن أموت أبدًا ما دامت هي على قيد الحياة. وعندما ينقصني الهواء، سأتنفس بفمها».

وذاك الآخر: «قل لها إنني سأعود. سأعود لأصلح كل ثقوب السطح التي يقطر منها المطر».

شطب المقدمة من جديد. يجب أن تكون رسالة اليوم متميزة جدًّا. وأخيرًا كتب: «امرأتي». وعندئذ سمع طرقًا على باب حجرته. وكان الوقت متأخرًا للزيارات المعهودة إلى عيادة السجن، فقد تجاوزت الساعة الحادية عشرة ليلًا. ربما هي حالة مستعجلة. فتح الباب مستعدًّا لمداراة تأثره من ذلك التعطيل. إنها الأم «إزارني». لو كان ذلك في مناسبة أخرى لداعبها بالسخرية من مسوحها كراهبة، «آه، ظننت أن الأمر يتعلق بفُتات هيولي!»، ولكنه لاحظ في هذه المرة إحساسًا باللاواقعية، أقلقه من جهة شعوره بالحياء. فقد كانت الراهبة تبتسم بمكر امرأة. وفجأة، من دون أي تحية أخرى، أخرجت من تحت تنورتها زجاجة كونياك.

«هذه لك يا دكتور. من أجل ليلة زفافك».

ومضت متعجلة عبر الممر، كمن يهرب من مناسبة سعيدة، مخلفة وراءها نفحة عينين مشرقتين.

أزرق، رمادي، أخضر. عينان فيهما بعض الوميض، مع ثنية من الجلد على شكل هلال في الجفنين.

وفكر «دا باركا»: «مثل عينَي «ماريسا». لا وجود للرب، ولكن العناية الإلهية موجودة».

كانت هي نفسها، الأم «إزارني»، من سلَّمت إليه عند الغروب، بسعادة غامرة، البرقية التي تؤكد الاحتفال بطقوس

زفافه. ففي ذلك الصباح، قالت «ماريسا»: «نعم، أنا موافقة. في كنيسة «فرونتيرا»». كان يعرف الساعة المحددة. وفي «بورتا كويلي»، على بعد ألف كيلومتر، كان الدكتور يرافق المرضى في نُزهتهم الصباحية. ما بين أشجار صنوبر وزيتون، أغمض عينيه وقال: «نعم، موافق، إنني موافق بالطبع».

«إيه، يا رفاق! الدكتور يحلم مستيقظًا».

«يا أصدقائي، عليَّ أن أطلعكم على خبر. لقد تزوجتُ للتو!».

«كان الآخرون مطلعين على شيء ما»، روى «هيربال» لـ«ماريا دا فيسيتاساو»، «لأنهم تذكروا الأمر صارخين: «تهانينا يا دكتور «دا باركا»!»، وكانوا يحملون في جيوبهم حفنات من أزهار الرتم، كانوا قد جمعوها خلال الطريق، فغطوه بذلك الذهب الصباحي. لقد تزوجا بالوكالة. أتعرفين كيف ذلك؟ أخوها «فرناندو»، احتل في الكنيسة موقع العريس. وكان على الدكتور أن يوقع وثيقة، أمام كاتب بالعدل. وقد ساعدته كثيرًا في ذلك كله كبيرة الراهبات، الأم «إزارني»، بل إنها وقَّعت كذلك كشاهدة. وقد أخذت الأمر بجدية كبيرة، كما لو أنها هي نفسها مَن تتزوج».

«كنتَ تشعر بالغيرة، أليس كذلك؟»، علقت «ماريا دا فيسيتاساو» باسمة.

وقال «هيربال»: «كانت راهبة باهرة الجمال، وشديدة الذكاء. وكانت تشبه «ماريسا» حقًّا. كان ثمة شبه بها. ولكنها

راهبة بالطبع. وكانت تكرهني. لا أدري لماذا كانت تكرهني إلى ذلك الحد. لقد كنتُ في نهاية المطاف مجرد حارس، وكانت هي رئيسة الراهبات اللواتي يتولين رعاية المستشفى الخيري. وقد كنا، هذا ما كنتُ أفكر فيه أنا، من الجانب نفسه».

نظر «هيربال» من خلال النافذة المفتوحة، كما لو أنه يبحث عن الذكرى البعيدة والغائمة. كان الظلام قد خيم، وصار بالإمكان تمييز مصابيح السيارات على طريق «فرونتيرا».

«في أحد الأيام، ضبطتني الراهبة وأنا أفتح رسائل السجناء. كنت أهتم، بصورة خاصة، بالرسائل الموجهة إلى الدكتور «دا باركا»، بالطبع. كنتُ أقرؤها باهتمام كبير».

«لكي تشي به؟»، سألته «ماريا دا فيسيتاساو».

«أجل، إذا وجدتُ شيئًا مريبًا. فقد كان عليَّ أن أقدم تقريرًا. وقد لفتت انتباهي كثيرًا المراسلات التي يتبادلها مع صديق له يدعى «سوتو»، ولا يتكلم فيها إلا عن كرة القدم. كان «تشاتشو» هو معبوده، وهو لاعب في نادي «كورونيا» الرياضي. وكان يبدو لي غريبًا ذلك الولع بكرة القدم لدى الدكتور «دا باركا» الذي لم أسمعه يتكلم بحماسة عن الكرة. ولكنه في رسائله، وكنت أقرؤها كذلك، لأن الرقابة كانت على الصادر والوارد، كان يقول أشياء بالغة الصواب عن كيف يجب أن تنتقل الكرة، وكأنها مربوطة بخيط، أو أن من يجب أن يركض هو الطابة، فلهذا هي مكورة، وليس اللاعب. وأنا

أيضًا كنتُ معجبًا بـ«تشاتشو»، وهكذا كنت أسمح بانتقال الرسائل من دون مزيد من اللف والدوران. ولكن أكثر ما كان يهمني، في الواقع، هي رسائل «ماريسا». كنتُ أتناقش في أمرها مع المرحوم الرسَّام. لقد أُعجب كثيرًا بواحدة منها، تتضمن قصيدة حب، تتحدث عن الشحارير. استبقيتها معي طوال أسبوع. كنت أحملها في جيبي لأعيد قراءتها. أما أنا، فلم تكن تكتب لي شيئًا.

القضية هي أن هذه الأم «إزارني» دخلت في أحد الأيام إلى مكتب البوابة، وضبطتني مطمئنًّا، مع كومة من الرسائل المفتوحة، منشورة فوق المنضدة. واصلتُ عملي كما لو أن شيئًا لم يحدث. فقد افترضتُ أنها على علم بأمر مراقبة المراسلات. ولكنها أبدت سخطًا مستهجنًا. فقلت لها بقليل من العصبية: «اهدئي يا أماه، إنه إجراء رسمي. ولا تصرخي كثيرًا، فسيسمعك الجميع». فقالت بغضب أشد: «ارفع يديك القذرتين عن هذه الرسالة!»، وانتزعَتها مني، وشاء سوء الطالع أن تمزقها إلى قطعتين.

نظرت إلى أعلاها. وكانت موجهة من «ماريسا ماللو» إلى الدكتور «دا باركا»، وهي رسالة قصيدة الحب التي تتكلم عن الشحارير.

كانت مِزْقتا الرسالة ترتعشان في يديها. ولكنها واصلت القراءة.

فقلتُ لها:

«ليست مهمة يا أماه. فهي لا تتحدث في السياسة».

فقالت لي:

«خنزير.

خنزير بقبعة ثلاثية الحواف».

منذ وصولنا، كنت أشعر بأنني على ما يرام. فمناخ «بورتا كويلي» كان ربيعًا دائمًا بالمقارنة مع مناخ «غاليسيا». ولكنني في تلك المشكلة غير المتوقعة مع الراهبة، أحسست من جديد بذلك الفوران في الصدر، الاختناق الذي يأتيني.

ولا بد أنها لاحظت مجيء الرعب في عينيَّ. فكل واحدة من أولئك الراهبات تساوي شركة تأمين. قالت:

«أنت مريض».

«أحلفك بأعز ما تحبين يا أماه، لا تقولي هذا. إنها أعصابي فقط. إنها أعصابي التي تندس في رأسي».

فقالت هي:

«هذا مرض أيضًا، وهو يشفى بالصلاة».

«إنني أصلي. ولكن أموري لا تصلح».

«فلتذهب إلى الجحيم إذن!».

لقد كانت شديدة الذكاء. تتمتع بكثير من النبوغ. مضت بالرسالة الممزقة إلى قطعتين.

رويت ما جرى لأحد مفتشي الشرطة، واحد يدعى «آرياس»، كان يأتي بين حين وآخر من «بلنسيا»، من دون أن أشير بالطبع إلى مسألة صحتي. فأطلق قهقهة: «إياك أن

تعترض طريق راهبة، وإلا فإنك ستنتهي إلى الجحيم بكل تأكيد».

لقد كان المفتش «آرياس»، بشاربه المشذب، كثير التنظير. وقال:

«لن توجد هنا في إسبانيا دكتاتورية كاملة ومتقنة على طريقة «هتلر»، تعمل بدقة الساعة. أتعرف السبب أيها العريف؟ النساء هن السبب. أجل، النساء. ففي إسبانيا، نصف النساء عاهرات ونصفهن الآخر راهبات. إنني متأسف من أجلك. أما أنا، فكان نصيبي من النصف الأول.

ها، ها، ها.

نكتة ثكنات قديمة».

قلت له: «أنا أعرف حكايات، ولكنني لست صاحب نكتة.

كان هناك كلب يدعى نكتة. مات الكلب وانتهت النكتة».

«ها، ها، ها. يا لَلحماقة أيها الغاليسي!».

الجحيم. إياك أن تعترض طريق راهبة».

وانتهز «هيربال» الفرصة ليقول للمفتش إنه من الأفضل أن يتخلى عن مسألة المراسلات.

«لا تقلق»، قال الآخر. «سنطلب أن يحولوها إلينا في المفوضية».

«أتظن أن الطبيب كان يروقها؟»، سألتْ «ماريا دا فيسيتاساو»، متحولة إلى ما يهمها.

١٦١

«لقد كان به شيء ما، وقد أخبرتك من قبل. كان بالنسبة إلى النساء أشبه بعازف المزمار».

لم يكن هناك من يعرف جيدًا متى ينام الدكتور «دا باركا». كان سهره على الدوام مع كتاب في يده. وكان يهوي منهوكًا في بعض الأحيان في عنبر المرضى، أو مطروحًا خارجًا، صدره مدثر بالكتاب المفتوح. بدأت هي بإعارته أعمالًا يناقشانها فيما بعد. وكانت المحادثات تطول في الجو الجيد، ليلًا، عندما يخرج المرضى خارجًا للتمتع بالبرودة.

كانا يَذْرعان ويعيدان ذَرْع درب جبل الصنوبر تحت القمر.

ما لا يعرفه «هيربال» هو أن الراهبة كانت قد غضبت من الدكتور «دا باركا» أيضًا في إحدى المناسبات، وأرسلته إلى الجحيم. كان ذلك في الربيع التالي لوصوله إلى «بورتا كويلي»، وبسبب القديسة «تيريسا».

قالت هي:

«لقد خيَّبتَ أملي يا دكتور. كنت أعرف أنك غير متدين، ولكنني كنت أظنك رجلًا حساسًا».

فقال لها:

«حساس؟ ولكن القديسة «تيريسا» تقول في «كتاب الحياة»: «يؤلمني قلبي». وقد كان ذلك صحيحًا، يؤلمها قلبها، يؤلمها هذا الحشا. كانت تعاني من ذبحة صدرية وأُصيبت باحتشاء. الدكتور «نوفوا سانتوس»، أستاذ

الباثولوجيا، ذهب إلى «آلبا»، حيث يحفظ الرفات، وفحص قلب القديسة. لقد كان رجلًا نزيهًا، صدقيني. وقد توصل إلى أن ما فيها من جرح، من أثر السهم الملائكي، لم يكن إلا أخدود الأذين، الثلم الذي يفصل بين الأذينين. ولكنه وجد جلطة كذلك، وجد ندبة أنسجة متصلبة تشير إلى حدوث احتشاء. والعين الطبية، مثلما كان يؤكد المعلم «نوفوا»، لا يمكنها أن تفسر قصيدة، إنما يمكن لقصيدة أن تفسر على أحسن وجه ما تجهله العين الطبية. وهذه القصيدة: «أحيا من دون أن أحيا فيَّ، وحياة سامية أنتظر، فأموت لأنني لا أموت». أموت لأنني لا أموت! هذه القصيدة. . .».

«إنها رائعة!».

«أجل، ولكنها تشخيص طبي كذلك».

«هذه فظاظة يا دكتور. إننا نتكلم عن الشعر، عن أبيات شعر سامية، وأنت، أنت تحدثني عن الأحشاء مثل طبيب شرعي».

«اعذريني، فأنا باثولوجي».

«أجل. أنت «باتو لوكو»[١٧]!».

«اسمعي يا «إزاراني». عفوًا، أعني أيتها الأم «إزاراني». هذه الأبيات استثنائية. فليس هناك أي طبيب باثولوجي قادر على وصف مرض بهذه الصورة. إنها تحول هذا الضعف،

---

(١٧) ذكر بط مجنون. (المترجم).

هذا الموت العابر الذي يسببه لها الغم، إلى تعبير عن الثقافة، أو عن الروح إذا أنتِ شئتِ. إنها زفرة متحولة إلى قصيدة».

«وهل «أموت لأنني لا أموت»، ليست في نظرك سوى زفرة؟».

«أجل. ولنقل إنها زفرة نوعية جدًّا».

«أيتها العذراء المقدسة! إنك بارد، شديد الصفاقة، شديد الـ. . .»

«شديد ماذا؟».

«شديد العجرفة. لا تعترف بالرب لمجرد الغطرسة».

«على العكس. لمجرد التواضع. بصراحة، أنا أفضل رب العهد القديم. العالي في عليائه».

«لماذا لا نفكر بأنها كانت عاشقة، وقعت في حب مستحيل؟ أضف إلى ذلك أنها كانت ابنة وحفيدة مرتدِّين يهود. وكان عليها أن تتكتم أكثر. ولهذا تتكلم عن السجن، وعن حدائد الروح. تعبر عن الغم، عن ضعفها الجسدي، ولكنها تعبر أيضًا عن استحالة حب حقيقي. لقد كان بعض متلقي اعترافاتها أذكياء، وشديدي الجاذبية».

«إنني ذاهبة. أشعر بالقرف مما تقوله».

«لماذا؟ أنا أؤمن بالروح أيتها الأم «إزاربي»».

«تؤمن بالروح؟ إنك تتحدث عنها كما لو كانت إفرازًا».

«ليس هكذا بالضبط. يمكننا أن نغامر بالقول إن الإفراز المادي للروح هو الإنزيمات الخلوية».

«أنت مسخ، مسخ يظن نفسه لطيفًا».

«القديسة «تيريسا» تقارن الروح بقلعة من القرون الوسطى، «كلها من الماس مصقول بالبلور الإلهي». لماذا الألماس؟ لو أنني كنت شاعرًا، ومَن يمنحني القدرة على أن أكون كذلك؟! لتكلمت عن ندفة ثلج. لا توجد اثنتان منها متشابهتان. وهي تتلاشى في وجودها، تحت بريق الشمس، وكأنها تقول: «الخلود، يا لَلضجر!». الجسد والروح مترابطان. مثلما ترتبط الموسيقى بآلتها. الجور الذي يسبب الآلام الاجتماعية هو، قبل كل شيء، أكثر آلات تدمير الأرواح فظاعة».

«ولماذا تظنني هنا؟ لست صوفية. إنني أناضل ضد الألم، الألم الذي تسببونه أنتم، أبطال هذا الجانب وذاك، للناس العاديين».

«إنكِ تخطئين ثانية. أنا لستُ بطلًا. لا ذكر لي في أي سيرة قديسين. فأنا، مثلما يقول الأطباء النازيون، أنتمي إلى ميدان الحيوات الفائضة عن الحاجة، الحيوات التي لا تستحق أن تعاش.».

«لماذا تمسك شَعري؟»[١٨].

«إنني لا أعرف حتى لونه».

نزعت الأم «إزاراني» القَلَنْسُوة البيضاء وهزت رأسها لتتهدل خصلات الشعر الحمراء بحرية.

---

(١٨) تعبير اصطلاحي يعني: «لماذا تسخر مني؟». (المترجم).

قالت:

«ها أنت تعرف لونه الآن. ولتذهب إلى الجحيم!».

فقال هو:

«لن يهمني إذا ما وجدت هناك نجمة».

«هل تؤمنين بوجود كائنات في كواكب أخرى؟»، سأل «هيربال»، فجأة، «ماريا دا فيسيتاساو».

«لست أدري»، قالت هي بابتسامة ساخرة. «فأنا لستُ من هنا. ليست لديَّ وثائق إثبات شخصية».

«الراهبة والدكتور «دا باركا»»، روى «هيربال»، «كانا يتكلمان كثيرًا عن السماء. ليس عن سماء القديسين، وإنما عن سماء النجوم. بعد العشاء، عندما كان المرضى يستلقون في الهواء الطلق، كانا يتنافسان في تمييز النجوم. وقد فهمتُ أن هناك مَن أحرقوا، منذ سنوات طويلة كما يبدو، رجلًا حكيمًا لأنه قال إن هناك حياة في كواكب أخرى. فيما مضى لم يكونوا يتقبلون التفذلك. هما كانا يؤمنان بذلك، بأن ثمة أناسًا هناك في الأعلى. وفي هذا الأمر كانا يتفقان. وكانا يفكران في أن ذلك سيكون شيئًا عظيمًا للعالم. أنا لا أظن ذلك. لأنه سيكون هناك مزيد من الناس يوزع عليهم الميراث. ولأنهما كانا قد درسا، فقد كان بهما شيء من الخبل. ولكنني كنت أستمتع بالاستماع إليهما. الحقيقة أنكِ إذا ما بقيت تنظرين وقتًا طويلًا، فإن السماء تأخذ بالامتلاء بمزيد ومزيد من النجوم. يقولون إن هناك نجومًا نراها،

ولكنها لم تعد موجودة. لأن الضوء يتأخر طويلًا في الوصول إلى حد أنه، عندما يصل إلينا، تكون تلك النجوم قد انطفأت. يا لَلعنة! رؤية ما هو غير موجود».

«ربما كان كل شيء هكذا».

«ولكن ماذا جرى بعد ذلك؟»، سألَته «ماريا دا فيسيتاساو» بجزع.

«لقد أمسكوا به، وعندئذ انتهت مسألة المستشفى. لقد خوزقني ذلك. فالمناخ كان يناسبني تمامًا، ولم تكن الحياة سيئة هناك. لقد كنتُ حارسًا لا يحرس. فلم يكن هناك من يفكر في الهرب. ولماذا يهربون؟ فإسبانيا بأسرها كانت سجنًا. هذه هي الحقيقة. كان «هتلر» قد اكتسح أوروبا، وكان يكسب كل المعارك. ولم يكن لدى الحمر مكان يذهبون إليه. من الذي سيفكر بالهرب؟ بعض المجانين فقط. مثل الدكتور «دا باركا».

كنا قد أمضينا أكثر من سنة بقليل في المستشفى. وفي أحد الأيام، حضر المفتش «آرياس» مع شرطيين آخرين. كانوا متجهمين جدًّا. قالوا لي: «أحضر لنا هذا الطبيب من أذنيه». عرفت بالطبع عمن يتكلمون. ولكنني تظاهرت بالبلاهة: «أي طبيب؟». «هيا أيها العريف، أحضر لنا هذا المدعو «دانييل دا باركا»».

كان هو قد انتهى من تفقد المرضى في العنبر الكبير.

وكان يتحدث حول المستجدات مع الراهبات الممرضات، وبينهن الأم «إزارني».

«أيها الدكتور «دا باركا»، عليك أن ترافقني. إنهم يطلبونك».

تبادل موكب البياض النظرات بصمت.

وقال هو بسخرية مرتابة: «ومن هم؟ جماعة الفحم؟».

فقلت أنا: «لا، بل جماعة الحطب».

كانت تلك هي المرة الأولى التي تخرج فيها مزحة من أعماقي. وبدا على الدكتور أنه يشكرني على ذلك. ومن جهته، كانت تلك هي المرة الأولى التي يتوجه فيها إليَّ، من دون أن يبدي ملامح الإحساس بعدم الجدوى. ولكن الأم «إزارني» نظرت إليَّ برعب.

«مرحبًا يا «تشاتشو»»، قال له المفتش «آرياس» عندما صار أمامه. «كيف حال هذه اليسرى؟».

حافظ الدكتور على مظهره. وردَّ كذلك بحنكة: «إنني خارج اللعب في هذا الموسم».

رمى المفتش السيجارة، وهي ما تزال في منتصفها، وسحقها ببطء على الأرض، كأنها ذيل جِرْذَون.

«سنرى ذلك في المفوضية. لدينا خبراء جيدون في علم التعذيب».

أمسك بالدكتور «دا باركا» من ذراعه. ولم تكن هناك حاجة إلى دفعه بالقوة. فقد رضخ لاقتياده نحو السيارة.

«أظن أنه يتوجب على أحد أن يفسر لي ما يحدث»، قالت الأم «إزاراني» وهي تواجه المفتش.

«إنه أحد الرؤوس يا أماه. إنه قائد أوركسترا».

«هذا الرجل في عهدتي!»، صرخت هي بعينين متوقدتين. «إنه ينتمي إلى المصح. وهو نزيل هنا!».

«اهتمي أنت بملكوتكِ يا أماه»، قال لها المفتش «آرياس» ببرود، ومن دون أن يتوقف. «أما الجحيم فهو من اختصاصنا».

وسُمع بعد ذلك التعليق الذي نطق به أحد الشرطيين المرافقين بصوت خافت:

«يا لَلعنة مع الراهبة! إنها ذات شخصية».

«أكثر من البابا نفسه»، قال المفتش بصوت غاضب، وأضاف: «هيا انطلق بسرعة، عاهرة!».

لم أكن قد رأيت من قبل راهبة تبكي».

هكذا روى «هيربال» لـ«ماريا دا فيسيتاساو». «إنه إحساس غريب جدًّا. أشبه برؤية بكاء تمثال مصنوع من خشب الجوز».

«اهدئي يا أماه! فالدكتور «دا باركا» يسقط واقفًا على الدوام».

«الحقيقة أنني لم أكن خبيرًا في مواساة الناس. فأرسلتني إلى الجحيم للمرة الثانية».

أعادوه بعد ثلاثة أيام، وكانت كافية لكي يرجع أشد نحولًا. يبدو أن الشرطة، روى ذلك لـ«هيربال» أحد الشرطيَّين

اللذَين جاءا لحراسته، كانت تتعقب منذ زمن آثار المدعو «تشاتشو» من دون أن تتصور أنه يغرد من داخل القفص. لقد كان أسطورة في صفوف المقاومة. فترتيب اللاعبين الذي كان يقترحه في رسائله، وتعليقاته حول تكتيكات كرة القدم، كانت في الواقع معلومات مشفرة للتنظيم السري. منذ الزمن الذي كان فيه قائدًا جمهوريًّا، وخلال وجوده في السجن، كان الدكتور «دا باركا» أرشيف محفوظات حيًّا. كل شيء كان محفوظًا في رأسه. وكانت نصوصه، مع شهادات عن القمع، تُنشر في الصحافة الإنجليزية، وفي أمريكا. ولهذا قرروا أن يقيموا له محاكمة جديدة.

«ولكنه محكوم بحكم مؤبد!».

«سيحكمون عليه بمؤبد آخر. تحسبًا من انبعاثه حيًّا مرة أخرى!».

«أعتقد أنهم قد عذبوه بقسوة»، قال «هيربال» لـ«ماريا دا فيسيتاساو»، «ولكن الدكتور لم يعلق بشيء عن مروره في المفوضية، بل إنه لم يقل شيئًا، حتى عندما اقتربت الأم «إزارني» منه، وتفحصت وجهه بحثًا عن آثار التعذيب. كانت هناك لطخة سوداء على عنقه، تحت الأذن. داعبتها الأم برؤوس أصابعها، ولكنها سحبت يدها بسرعة، كما لو أنها قد صُعقت».

«شكرًا لاهتمامكِ يا أماه. سيرسلونني إلى فندق آخر أكثر رطوبة من هذا. إلى «غاليسيا». إلى جزيرة «سان سيمون»».

مالت بنظرها نحو إحدى النوافذ. كان يظهر طريق الجبل، والخلفية الذهبية التي تشكلها أزهار الرتم. ولكنها ردت، بعد ذلك، بابتسامة راهبة مستجدة.

«أترى؟ الرب يغلق بابًا ويفتح آخر. يمكنك هكذا أن تكون قريبًا منها».

«أجل. هذا هو الجيد في الأمر».

«عندما تتمكن من لقائها، قدم لها معانقة قوية مني. لا تنس أنني أنا من زوجتكما أيضًا».

«سأعانقها عنكِ، وبقوة كبيرة».

١٩

جاب «دانييل دا باركا»، بنظرة سريعة، صفوف النوافذ، بحثًا عن انعكاس قَلَنْسُوة مجنحة. ولكنه لم يجده. كان قد ودَّع السجناء المرضى واحدًا واحدًا. ولدى الخروج، اجتمع كورال من الراهبات. ولم تكن هي بينهن. «الأم «إزارني» تصلي في «الكابيلا»»، قالت له أكبر الراهبات سنًّا، كمن تحمل رسالة. هز رأسه. كنَّ ينظرن إليه مترقبات. وكان الهواء يحرك مسوحهن، في تلويحة وداع بيضاء. وفكر: يتوجب عليه أن يقول بضع كلمات. أو من الأفضل ألا يقول شيئًا. ابتسم لهن. «مباركتي أيتها الأمهات!». ورسم إشارة الصليب في الهواء، كأنه عميد السن.

ضحكن كفتيات صبايا.

«وماذا قلتَ أنت؟»، سألتْ «ماريا دا فيسيتاساو» «هيربال».

«أنا لم أقل شيئًا. وماذا يمكنني أن أقول؟! لقد ذهبتُ مثلما جئت. مثل ظله».

لا بد أن ذلك المشهد قد ترك بعض التأثير في الرقيب «جارثيا». «إنها الأوامر يا دكتور»، قال له وهو يضع القيد في يديه، وكأنه متضايق من الظهور ومعه القيود في ذلك الوداع. لقد أبلغوه، في الأمر الذي كلفوه به، بتولي حراسة السجين، أن يفعل ذلك برفقة العريف «هيربال»، لإعادته إلى مستقره في «غاليسيا»، وأبلغوه كذلك بأنه «عنصر بارز في المعارضة للنظام»، ومحكوم بالسجن المؤبد. ولهذا صعد إلى السجن - المصح، بحذر وبانزعاج من مهمة نقل السجين هذه التي ستضطره إلى اجتياز إسبانيا بطولها، في قطارات تتجرجر بمشقة مثل تائبين يحملون الصليب على كواهلهم. لقد طمأنته رؤية السجين، مع تلك الثلة من الممرضات المفتونات. ومثلما سمع مساعدًا عجوزًا يقول، فإن المثقف مثل الغجري، إذا ما سقط، فلا يعود إلى التمرد. أما من كان ميتًا، فكر عندما استقروا في أول قطار، من «بلنسيا» إلى مدريد، فهو زميله الذي كان من نصيبه أن يرافقه في الحراسة. إنه شخص ممل. مثل سكير متحفظ في الصباح. مثل حفار قبور دقيق في مواعيده. من هنا إلى «بيجو» ستتشكل شبكة عنكبوت، على رموشه، من كثرة النوم.

«اسمح لي أن أقطع قراءتك يا دكتور، ولكنني أريد استشارتك. إنها مسألة تشغل تفكيري منذ بعض الوقت. أنت طبيب، ولا بد أنك تعرف في هذه الأمور. لماذا نحن الرجال نشعر بالرغبة دائمًا؟ لقد فهمتني؟!».

«أتعني الجنس؟».

«هذا ما أعنيه»، قال الرقيب ضاحكًا. وفرك يديه، المتعامدتين: «أعني المسألة. الحيوانات تتوقف، أليس كذلك؟ أعني أنها تمر بفترة الفساد ثم تتوقف. أما البشر فلا. سارية العلم عندهم منتصبة ومتصلبة دومًا!».

«أيحدث هذا لك؟».

«بالتأكيد. ما إن أرى امرأة حتى تداهمني الفكرة. وهذا ما يحدث للجميع، أليس كذلك؟ لا تأتِ لتقول لي الآن إنه مرض!».

«ليس مرضًا بالضبط. إنه عَرَضٌ. وهو يحدث بكثرة في البلدان التي. . . .». وحاكى الرقيب في حركة فرك يديه: «لقد فهمتني».

أعجبت الملاحظة الرقيب «جارثيا». فأطلق قهقهة، ونظر نحو «هيربال». «إنه شخص مرهف، أليس كذلك أيها العريف؟».

«أنا لم أكن أشعر بأنني على ما يرام»، روى «هيربال» لـ«ماريا دا فيسيتاساو». كان قد مضى أكثر من سنة على رحلة الذهاب. استبدلوا القطار في مدريد، ليركبوا من محطة الشمال قطارًا سريعًا، متوجهًا إلى «غاليسيا». سيعودون لقطع الطريق الذي قطعه القطار الضائع في الثلج. كان الوقت ربيعًا، وكانت الشمس تنعكس متلألئة على قيد الدكتور، وكأنه

ساعة معصم. ولكن «هيربال» لم يكن على ما يرام. لاحظ شحوبه كما لو أنه متكئ على وسادة باردة ومبللة.

«أأنت على ما يرام أيها العريف؟».

«أجل، أيها الرقيب. ركوب القطار يجعلني أشعر بالنعاس».

«لا بد أن السبب هو انخفاض الضغط. كيف يعمل هذا الذي يسمونه الضغط يا دكتور؟ هل صحيح أن له علاقة بالسكر؟».

الرقيب «جارثيا» كان ثرثارًا كبيرًا. وعندما كانت المحادثة تخفت، ويعود الدكتور «دا باركا» إلى ملاذ الكتاب، يعود هو إلى تأجيجها بقضية جديدة، كما لو أنه يريد أن يطغى على رجرجة القطار الرتيبة. كانا يجلسان متقابلين، إلى جوار النافذة، بينما كان «هيربال» يغفو، منفصلًا عنهما بعض الشيء، والبندقية في حضنه. كانوا وحدهم في المقصورة. وفي إحدى الوقفات، عند الغروب، استيقظ «هيربال» على صرير الباب. أطلت امرأة تحمل طفلًا على ذراعها، وتمسك آخر بيدها. وكانت تضع منديلًا على رأسها. قالت بصوت خافت: «تابع يا بني، ليس هنا».

عندما عاد «هيربال» للنوم، سمع الدكتور «دا باركا» يتكلم مع تلك الراهبة، الأم «إزارني». كان يقول لها: «الذكريات هي آثار متبقية». «وما الذي يعنيه هذا؟»، «يعني أنها أشبه بندوب في الدماغ». وعندئذ رأى صفًا من الأشخاص،

١٧٥

يحملون إزميل نجَّار، ويُحدِثون ندوبًا في رأسه. وكان يقول لمعظمهم أن لا، أن لا يُحدثوا ندوبًا في رأسه. إلى أن ظهرت «ماريسا»، الطفلة «ماريسا»، وقال لها: «أجل، أحدثي لي ندبة في رأسي». وعمه «نان». كان رأسه قطعة من البتولا. ««نان» أحدثت له شقًّا ناعمًا»، وقرَّبت أنفها لتشم. ثم جاء عمه، الصياد، ووقف وهو يرفع السكين عاليًا، ويقول: «كم أنا آسف يا «هيربال»». فقال له هو: «إذا كان لا بد من أن تضربه، فاضربه يا عمي». ولكن رأسه ظهر بعد ذلك، ملطخًا بالوحل، ما بين سخام الفحم، في «أستورياس»، وامرأة تصرخ، والضابط يقول: «أطلقوا النار، يا لَلعنة!»، وهو نفسه يقول: «لا، لا تُحدثوا لي هذه الندبة».

ثم رأى نفسه في البرية، على حافة طريق عام، في ليلة مقمرة من شهر أغسطس. وكان في مواجهته شاب يرتدي زيًّا عسكريًّا، له وجه صياد، وكان سيمضي ليقول له لماذا. لماذا تُحدث لي هذه الندبة؟ فتذكر القلم. قلم النجَّار. المرأة التي تضع منديلًا على رأسها قالت له: «واصل يا بني، ليس هنا». واستيقظ مستحمًّا بالعرق، وراح يبحث في كيس أمتعته.

وقال له الرقيب «جارثيا»: «إيه، أيها العريف! إننا في موطنك. ألا ترى أنها تمطر؟ إنك مدين لي بثلاث نوبات حراسة!».

ثم أضاف بصوت خافت: «يا لَلعنة مع هذا الحارس! إنه ينام حتى تحت القصف».

وجد القلم في قاع الكيس.

«مرحبًا يا «هيربال»!»، قال له الرسَّام. «ها نحن في «مونفورتي». هنا سيتفرغ القطار. أنا إلى الشمال، إلى «كورونيا»، وأنت إلى الجنوب. اعتنِ بهذا الرجل!».

«وما الذي يمكنني عمله؟»، دمدم «هيربال». «لم يعد لي أقرباء. ولن يتركوني في «سان سيمون». سيرسلونني إلى مكان آخر».

قال له الرسَّام: «انظر، أمعن النظر إليها!».

وكانت هناك. شعرها الأحمر، قوس قزح عينيها، كان يزيح ضباب الرصيف. الدكتور المقيد ضرب على الزجاج، بعقد فقرات أصابعه.

«ماريسا!».

ظَلَّ الرقيب «جارثيا» المِهذار صامتًا، كما لو أن النافذة هي شاشة سينما.

«وداعًا يا «هيربال»! سأذهب لأرى كيف هي حال ابني».

«إنها زوجتي!»، قال الدكتور «دا باركا» وهو يهز الرقيب، منفعلًا، بيديه المقيدتين، وكأنه يعلن عن وصول ملكة.

وقال «هيربال» لـ«ماريا دا فيسيتاساو»: «لقد كانت كذلك حقًّا، أو بكلمة أصح ملكة خياطة. ولم يكن ذلك الأمر واردًا في حساب الرقيب «جارثيا». ولا في حسابي. عندما أطلَّت على المقصورة، لم نعد ندري إذا ما كان علينا أن نطلق زخة

من الرصاص أم نجثو على ركبنا. أنا تظاهرت بأنني لا أريد الأمر».

كانت «ماريسا» تحمل سلة طعام، كمن هي ذاهبة في نزهة، وترتدي فستانًا مطبوعًا بأزهار يحصر جسدها، ويكشف عن ذراعيها. وكان دخولها كما لو أن بستانًا ربيعيًّا، بما فيه من نحل وكل شيء، قد دخل إلى زنزانة. لم تكن هناك وسيلة للحيلولة من دون العناق الأوَّلي. سلة الخيزران طقطقت بين جسديهما، مثل هيكل عظمي للهواء.

«فاجأني ذلك العناق»، روى «هيربال» لـ «ماريا دا فيسيتاساو». «سلسلة القيد انزلقت على ظهرها، وعلقت عند الخصر، عند بداية الإليتين».

وبينما القطار ينطلق، قدَّر الرقيب «جارثيا» أن الوقت قد حان ليوقف تلك الواقعة. وتحولت حركته اللطيفة إلى حركة حازمة وقاطعة، مثل مقص فولاذي. انفصلا.

«إنها امرأتي أيها الرقيب»، قال الدكتور «دا باركا»، وكأنه يعطي اسمًا للماء.

«إننا معًا منذ ألف سنة في القطار نفسه، ولم تقل لي شيئًا عن أن زوجتك تنتظرك». ثم هتف، وهو يشير إلى الناس على الرصيف: «كان بإمكانك أن توفر عليَّ هذا السيرك!».

فقالت «ماريسا»: «لم يكن يعرف شيئًا».

نظر إليها الرقيب مشوشًا وكأنها تكلمه بالفرنسية، وتناول البرقية التي مدتها إليه. كانت تحمل توقيع الأم «إزارني» من

١٧٨

المصح ـ السجن، في «بورتا كويلي»، وتخبرها فيها بتوقيت قطارات عملية النقل.

«لا أريد أن أكون فظًّا يا دكتور»، قال الرقيب «جارثيا»، «ولكن، كيف أعرف أنكما زوج وزوجة؟ لا يمكنني الاعتماد على كلمتك. إنني بحاجة إلى وثائق».

«في تلك اللحظة كنتُ جبانًا»، روى «هيربال» لـ «ماريا دا فيسيتاساو». لا أدري ما الذي جرى لي. كنتُ أريد أن أقول: إنهما زوجان، أنا أعرف ذلك. ولكن صوتي تلاشى».

«لديَّ الأوراق»، قالت «ماريسا» بوقار شديد. وأخرجتها من سلة الطعام تلك.

قال «هيربال»: «تبدل مظهر الرقيب «جارثيا» منذ تلك اللحظة. كان متأثرًا ولم يُثر ذلك استغرابي. فتلك المرأة تحوِّل الليل إلى نهار، أو العكس، مثلما كان يقول «جنكيز خان». نظر الرقيب فيما حوله، كأنه يقوم بإجراء روتيني، وفك قيد الدكتور».

«يمكنكما الجلوس معًا»، قال وهو يشير إلى النافذة. وأخذ منها السلة. لقد كان طيب السن.

«أمسك الدكتور «دا باركا» يدَي «ماريسا»»، قال «هيربال» قبل أن تسأله «ماريا دا فيسيتاساو» عما فعلاه. «كان يعدُّ أصابعها خشية أن تكون قد نقصت واحدة. وكانت هي تبكي، كما لو أن رؤيته تسبب لها ألمًا».

١٧٩

وفجأة نهض هو واقفًا وقال: «ألستَ ترغب في تدخين سيجارة أيها الرقيب؟».

خرجا إلى ممر القطار، ولم يدخنا سيجارة واحدة، وإنما نصف دستة من السجائر. كان القطار ينطلق على ضفة «المينيون»، المصبوغة بالخضرة والليلك، بينما الرقيب والدكتور يتبادلان الحديث بحماسة، كما لو أنهما يقفان عند بار الحانة الأخيرة، بعد جولة طويلة على الحانات.

«من ركني الذي أغالب فيه النعاس»، قال «هيربال»، «كنتُ أنظر إليها بأسى، وبرغبة في رمي البندقية من النافذة، ومعانقتها. وكانت هي تبكي من دون أن تفهم شيئًا مما يحدث. وأنا لم أكن أفهم شيئًا كذلك. وكانت ما تزال أمامنا بضع دقائق، للوصول إلى المحطة. وبعد ذلك، لا شيء. سيُمضي سنوات وسنوات في السجن، من دون أن يتمكن من لمس تلك الملكة الخيَّاطة. ولكنه كان يثرثر ويثرثر مع الرقيب، مثل بائعَين في سوق ريفية. وبقيا على تلك الحال، إلى أن وصلنا إلى محطة «بيجو».

استغربتُ أنه لم يضع له القيد في يديه. استدعاني الرقيب جانبًا: «أريد تكتمًا مطلقًا حول ما سنفعله. وإذا ما أفلت لسانك يومًا، فإنني سأبحث عنك حتى لو كنتَ في الجحيم، لأُطلق رصاصة في فمك. مفهوم؟».

«لا تقلق يا رقيبي».

«خذ حصتك إذن. بتكتم، يا لَلعنة!».

أحس «هيربال» بملمس الأوراق النقدية في يده، وخبَّأها في جيب بنطاله من دون أن ينظر إليها.

«نحن متفقان، أليس كذلك؟».

نظر إليه بصمت. لم يكن يعرف عمَّا يكلمه.

«حسن. سنقدم جميلًا لهذين الزوجين. إنهما متزوجان في نهاية المطاف».

فكر «هيربال» بأن الرقيب «جارثيا» قد فقد عقله، مسلوبًا بطلاقة لسان الدكتور «دا باركا» ونظرته المُنومة. كان عليه أن يدرك ذلك سلفًا. ففضلًا عن النقود التي أعطاه إياها، وهي لا يمكن أن تكون كثيرة، عن أي شياطين حدثه، ليسحره بهذه الطريقة؟

««دانييل» هذا ظاهرة عجيبة»، همسَ له الرسَّام في أذنه.

فقال «هيربال» متفاجئًا: «ولكن، ألم تكن أنت قد ذهبت؟».

«لقد فكرتُ في الأمر مليًّا. لا يمكنني تفويت هذه الرحلة!».

وسأله الرقيب: «ماذا سنفعل إذن أيها العريف؟ لقد أخبرني بأنك تعرف ما علينا عمله. فأنت تعرف مدينة «بيجو» جيدًا».

وضربه الرسَّام بقبضته على فكه برفق: «لقد حلَّت ساعة الحقيقة يا «هيربال». تصرف!».

١٨١

«يمكننا أن نأخذهما إلى فندق قريب من هنا يا سيدي. وليقضيا، أخيرًا، ليلة زفاف معًا».

غذت «ماريسا» الخطى على رصيف المحطة، غير عارفة أي شيء عن كل تلك اللعبة. كانت تبكي بصمت. وقد بدت لـ«هيربال» باهرة الجمال، مثل أزهار الكاميليا الموشكة على السقوط. وأخيرًا، اقترب منها «دا باركا» بحنان، ولكنها صدته غاضبة. «من أنت؟ أنت لستَ «دانييل». أنت لستَ الرجل الذي أنتظره». وظلت كذلك إلى أن أمسكها هو بقوة من كتفيها، ونظر إليها مواجهة، وعانقها، وكلَّمها في أذنها.

«اسمعي. لا توجهي أي أسئلة، دعيني أقتدكِ وحسب».

«أخذت حال «ماريسا» تتبدل مع تفهمها الأمر. أظهرت وجه العروس»، روى «هيربال» ذلك لـ«ماريا دا فيسيتاساو»، وواصل: «سارا هادئين حتى شارع الأمير، بينما كانوا يشعلون في الشارع أول أضواء الغروب، وكانا يتظاهران بالاهتمام بين حين وآخر، بواجهات المحلات التجارية. إلى أن وصلنا إلى فندق صغير هناك. نظر الدكتور «دا باركا» إلى الرقيب، فأومأ له هذا برأسه موافقًا. ودخل العريسان أولًا بمظهر وقور».

«طابت ليلتكم. أنا القومندان «دا باركا»»، قدم نفسه بصوت حازم في الاستعلامات. «أريد غرفتين، واحدة لي ولزوجتي، وأخرى للحراسة. حسن. نحن سنصعد. وسيتولى الرقيب تقديم التفاصيل لكم».

«تحت أمرك سيادة القومندان. طابت ليلتكِ يا سيدتي. أرجو لكِ الراحة».

«طابت ليلتك يا سيدي القومندان «دا باركا»»، قال «هيربال» وهو يتأهب بحركة رسمية جدًّا. ثم أحنى رأسه قليلًا: «طابت ليلتكِ يا سيدتي».

أظهر الرقيب «جارثيا» وثائقه. وقال لموظف الاستعلامات: «لا أريد أي إزعاج للقومندان، مهما كانت الظروف. انقلوا إليّ أي إشعار».

«كانت ليلة طويلة جدًّا»، روى «هيربال» لـ«ماريا دا فيسيتاساو». «بالنسبة إلينا على الأقل. وأعتقد أنها كانت قصيرة جدًّا بالنسبة إليهما».

«لا أظن أن العاشقَين سيهربان»، قال الرقيب لدى الوصول إلى الغرفة. «ولكن يجب علينا ألا نجازف».

وهكذا أمضيا الليلة وهما يتنصتان، بالتناوب، من وراء الباب. «سأتطوع للقيام بفترة الحراسة الأولى»، قال الرقيب «جارثيا» وهو يغمز «هيربال» بحركة مسرحية. وهتف عندما رجع: «ثلاث مرات! من المؤسف أنه لا يوجد ثقب في الجدار».

«بدا لي أنه كان هناك من يبكي»، روى «هيربال» لـ«ماريا دا فيسيتاساو». «كانت ليلة رياح، وأكورديونات كثيرة في البحر.

بعد ذلك سمعتُ أنا أيضًا صرير نوابض السرير».

وباكرًا جدًّا، مع الفجر، طرق الرقيب الباب لينبههما. فبعد ذلك السهر الطويل، بدأ يشعر بعدم الاطمئنان من الخطوة التي أقدم عليها. راح يتحرك قلقًا حول السرير.

«هل صحيح أنك كنتَ على اتفاق معهما؟».

فكذب «هيربال»: «كنتُ مطلعًا على بعض الأشياء».

«لا تخبر بذلك زوجتك نفسها»، قال له الرقيب فجأة بجدية كبيرة.

فقال «هيربال»: «لا زوجة لديَّ».

«هذا أفضل. هيا بنا!».

خرجوا من الفندق كجماعة سرية وهم لا يزالون يحافظون على المظاهر الشكلية. ولو أن موظف الاستعلامات لحق بهم إلى ما بعد اجتياز البوابة، لرأى كيف تحول القومندان «دا باركا» إلى سجين مقيد اليدين. كانت هناك بقية من ضوء متشرد في الشوارع، وكآبة ذُبالة بائسة، بعد ليلة أكورديونات في مصب النهر.

وفي المرفأ، عرض عليهما مصور مهاجرين غافل أن يلتقط لهما صورة. فصرفه الرقيب بحركة فظة: «ألا ترى أنه سجين؟».

«أتأخذونه إلى «سان سيمون»؟».

«لا علاقة لك بهذا».

«لا أحد تقريبًا يرجع من هناك. دعني ألتقط لهما صورة».

«لا أحد يرجع؟»، قال الدكتور «دا باركا» فجأة، وهو يبتسم ابتسامة جريئة. «الجزيرة مهد رومانسية أيها السادة، فمن هناك خرجت أفضل قصيدة عرفتها البشرية!»[١٩].

فدمدم المصور: «ولكن الجزيرة صارت الآن منصة نعش».

«هيا!»، أمره الرقيب. «ماذا تنتظر؟ التقط لهما هذه الصورة، ولكن من دون أن يظهر القيد!».

احتضنها هو من الخلف، وغطت هي ذراعيه، كي لا يُرى القيد. وقفا ملتصقين أحدهما بالآخر، مع البحر كخلفية. تحيط بعيونهما زرقة ليلة الزفاف. وطلب منهما المصور، من دون قناعة كبيرة، وإنما كعبارة إجرائية، أن يبتسما.

وروى «هيربال» لـ«ماريا دا فيسيتاساو»: «المرة الأخيرة التي رأيتها فيها، كانت في المرسى، وحيدة، إلى جانب مربط السفينة، خصلات شعرها الحمراء الطويلة تسرحها الريح.

بقي هو واقفًا في المركب، من دون أن يتوقف عن النظر نحو امرأة المرسى. أما أنا فكنتُ أقبع منكمشًا على نفسي في مقدمة المركب. لا بد أنني الغاليسي الوحيد الذي لم يولد ليخوض في البحر.

---

(١٩) الإشارة إلى القصيدة الوحيدة المحفوظة لراوية العصور الوسطى الغاليسي، المعروف باسم «ميندينيو»، وهي مقطوعة باهرة يتغنى فيها الشاعر بالمشاعر الغرامية لامرأة تنتظر مجيء حبيبها وهي محاطة بالأمواج في الجزيرة. (المترجم).

عند الوصول إلى جزيرة «سان سيمون»، قفز الدكتور إلى المرسى بمزاج مندفع. ووقَّع الرقيب ورقة، وسلَّمها للحراس هناك.

وقبل أن ينصرف الدكتور «دا باركا»، التفت نحوي. وتبادلنا النظر مواجهة.

قال لي:

«ما تعانيه ليس داء السُّل. وإنما هي علة في القلب».

وبينما نحن عائدون، قال ربان المركب: «أولئك اللواتي على الضفة لسن غسَّالات. إنهن زوجات السجناء. يرسلن لهم أطعمة عبر البحر، في مقاطف من القش»».

٢٠

«لقد كانا أفضل ما منحتني إياه الحياة».

تناول «هيربال» قلم النجّار، ورسم صليبًا على بياض دعوة النعي في الجريدة، خطان غليظان، وكأن إزميلًا أحدثهما على حجر أملس.

قرأت «ماريا دا فيسيتاساو» اسم المتوفى: «دانييل دا باركا». وتحته اسم زوجته، «ماريسا ماللو»، واسمَي الابن والابنة، ثم سلسلة طويلة من الأحفاد.

في أعلى الخبر، إلى اليمين، على شكل كتابة على قبر، هناك قصيدة لـ«أنطونيو كينتال». قرأتها «ماريا دا فيسيتاساو» ببطء، ببرتغاليتها ذات اللكنة «الكريولية»:

ولكنني إذا ما توقفت هنيهة، إذا ما تمكنت
من إغماض عينيَّ، سأشعر بهم إلى جانبي
من جديد، أولئك الذين أحببتهم: يأتون معي...

«ستُفسد لي الفتاة يا «هيربال» بكل هذا الأدب!».

كانت «مانيلا»، التي نزلت من الطابق الأول، تسكب

لنفسها فنجانًا من القهوة على البار. وكانت تبدو اليوم طيبة المزاج.

«أنا تعرفتُ على رجل واحد فقط يَنظم الشِّعر. كان كاهنًا! وكانت قصائده بديعة، تتحدث عن الشحارير والحب».

«أنتِ وكاهن شاعر؟»، قال «هيربال» ساخرًا. «ثنائي جيد، أجل يا سيدي».

«كان رجلًا فاتنًا. رجلًا نبيلًا، وليس مثل آخرين من ذوي المسوح الكهنوتية. اسمه «دون فاوستينو». لقد كان ساذجًا بعض الشيء. وقد جعلوا حياته مستحيلة».

شربَت القهوة في رشفة واحدة وقالت: «أنهيا حديث الشِّعر هذا، فسوف نفتح المحل خلال نصف ساعة».

«لم أعد إلى رؤيتهما قط». روى «هيربال» لـ«ماريا دا فيسيتاساو». «علمتُ بأن «ماريسا» قد أنجبت ابنًا، عندما كان هو لا يزال في سجن «سان سيمون». إنه طفل ليلة الزفاف! وقد أطلقوا سراح الدكتور «دا باركا» في أواسط الخمسينيات. ثم ذهبا بعد ذلك معًا إلى أمريكا. وكان هذا آخر ما قيل لي عنهما. ولم أكن أعلم بأنهما قد رجعا».

قام «هيربال» بحركة خفة بقلم النجّار في يده. كان يتحكم فيه، وكأنه إصبع أخرى طليقة.

«أما أنا فتبدلت حياتي على الفور. فبعد تسليم السجين في «سان سيمون»، رجعتُ إلى «كورونيا». وجدتُ أختي

عليلة جدًّا. أعني عليلة في رأسها. فأطلقتُ رصاصة على زوجها «زاليتو بوجا». ياه، الواقع أنني أطلقت عليه ثلاث رصاصات. وكان هذا هو سبب ضياعي. كنتُ قد فكرتُ في كل شيء. فكرتُ بأن أتذرع بأن رصاصة انطلقت، من دون قصد، وأنا أنظف السلاح. وكان ذلك كثير الحدوث في تلك الأيام. ولكنني فقدت، في اللحظة الأخيرة، السيطرة على نفسي، وأطلقت ثلاث رصاصات. وهكذا طردوني من الجهاز، وانتهى بي الأمر إلى السجن. هناك تعرفتُ على شقيق «مانيلا». وتعرفت عليها هي خلال زياراتها لأخيها. لم يكن لديَّ أحد يزورني. فكانت هي نافذتي على العالم. عندما خرجتُ من السجن، قالت لي: «لقد مللت القوادين. إنني بحاجة إلى رجل لا يعرف الخوف». وهأنذا هنا».

«وماذا جرى للرسَّام؟»، سألتْه «ماريا دا فيسيتاساو».

«جاء مرة ليراني في السجن. في يوم غمٍّ، يوم تعطش إلى الهواء. حدثني المرحوم، وغادرتني حالة الاختناق. قال لي: «أتعرف؟ لقد عثرتُ على ابني. إنه يعمل في رسم لوحات أمومة».

فقلت له: «هذه علامة طيبة. إنها تعني الأمل».

«أحسنت جدًّا يا «هيربال». لقد بدأت تعرف شيئًا عن الرسم»».

«وماذا جرى للرسَّام؟»، سألتْه «ماريا دا فيسيتاساو». «ألم يرجع؟».

فكذب «هيربال»: «لا، لم يرجع بعدها قطُّ. لقد ضاع، مثلما يقول الدكتور «دا باركا»، في اللامبالاة الأبدية».

كانت عينا «ماريا دا فيسيتاساو» تلمعان. لقد تعلمتْ كيف تكبح الدموع، ولكن ليس التحكم بعواطفها وانفعالاتها.

«انظر، تألق أزهار الكاميليا بعد المطر»، همس الرسَّام في أذن «هيربال»، وأضاف: «أهدِ إليها القلم! أهدِ القلم إلى السمراء!».

«خذي، إنني أهديه إليكِ»، قال وهو يمد إليها قلم النجَّار.

«ولكن...».

«خذيه، من فضلكِ».

ضربت «مانيلا» كفيها بالتصفيقة المعهودة، وفتحت باب المحل. وكان هناك زبون ينتظر.

«هذا الشخص كان هنا يوم أمس»، قال «هيربال» وقد تبدل صوته. صوت المراقب: «لديكِ عمل يا صغيرتي!».

«إنه مغرم بي»، قالت هي بسخرية. «لقد أخبرني أنه صحفي. إنه يمضي مكتئبًا».

«صحفي مكتئب؟»، كان صوته الآن مفعمًا بالقرف: «كوني على حذر. فليدفع لكِ قبل الذهاب إلى الفراش!».

«إلى أين أنت ذاهب؟»، سألتْه «مانيلا» باستغراب.

«سأخرج قليلًا لاستنشاق الهواء».

«تدثر!».

«سأخرج لحظة واحدة فقط».

استنند «هيربال» إلى حافة الباب. وفي الليلة الممطرة والعاصفة، كانت نيونات «الفالكيري» تومض بفحش كئيب. وكان كلب مقبرة السيارات ينبح على موكب مصابيح الشارع. رتل أزاميل في الظلام. أحس «هيربال» بالاختناق، وتمنى لو تصفعه من الداخل هبَّة هواء. ورآها تتجه نحوه أخيرًا، عبر الدرب الرملي المؤدي إلى الطريق العام. إنها «موت»، بحذائها الأبيض. وبحكم الغريزة، تلمَّس بحثًا عن قلم النجَّار. «تعالي أيتها القوادة، لم أعد أملك شيئًا!»

«لماذا هي صامتة هكذا؟ لماذا لا تلعن العاهرة «حياة» وعازف الأكورديون الباسم الذي أخذها؟».

«ادخل يا «هيربال»!»، قالت «مانيلا» وهي تتدثر بشالها الأسود المطرز. «ما الذي تفعله هنا في الخارج وحيدًا مثل كلب؟».

فتلعثم هو من بين أسنانه: «إنه الألم الشبحي».

«ماذا تقول يا «هيربال»؟».

«لا شيء».